DREAMBOOKS★

마왕

ORIENTAL FANTASY STORY & ADVENTURE

요도 김남재 신무협 장편소설

dream books
드림북스

마왕 6

초판 1쇄 인쇄 2016년 11월 3일
초판 1쇄 발행 2016년 11월 11일

지은이 요도 김남재
발행인 오영배
기획 박성인
책임편집 이대용
표지 · 본문 디자인 권지연
일러스트 나래
제작 조하늬

펴낸 곳 (주)삼양출판사 · 드림북스
주소 서울시 강북구 도봉로 173
대표 전화 02-980-2112 **팩스** 02-983-0660
편집부 전화 02-980-2116 **팩스** 02-983-8201
블로그 blog.naver.com/dreambookss
출판등록 1999년 3월 11일 제9-00046호

ISBN 979-11-313-0513-3 (04810) / 979-11-313-0507-2 (세트)

+ 이 도서의 국립중앙도서관 출판시도서목록(CIP)은 서지정보유통지원시스템홈페이지(http://seoji.nl.go.kr)와 국가자료공동목록시스템(http://www.nl.go.kr/kolisnet)에서 이용하실 수 있습니다. (CIP제어번호: 2016026400)

마왕

6

요도 김남재 신무협 장편소설

ORIENTAL FANTASY STORY & ADVENTURE

dream books
드림북스

목차

1장. 몰랐던 진실 — 그를 조사하셨습니다 007

2장. 마지막 전언 — 원래의 계획대로 055

3장. 사냥 시작 — 네가 도망갈 곳은 없다 073

4장. 자미쌍검 — 선물이야 121

5장. 이어지는 인연 — 형님 139

6장. 출관 — 함께할 이유 171

7장. 방해자들 — 상태는 괜찮군 203

8장. 안개 속의 적 — 누구세요 233

9장. 대라혈신 — 경고했지 269

10장. 불청객들 — 막아서는 의미를 아는가 307

1장. 몰랐던 진실

— 그를 조사하셨습니다

의외의 인물을 눈앞에 마주한 단노백의 얼굴엔 당황함이 감돌았다.

자신의 앞을 막아선 것이 대공자라는 사실에 잠시 안도의 표정을 지었던 그의 얼굴이 이내 딱딱하게 돌변했다.

'과연 좋은 일일까?'

분명 알고 지내는 사이긴 하지만 대공자가 자신을 죽이지 않을 거라는 보장은 없다.

혁련휘에겐 단노백 자신의 목숨뿐만이 아니라, 그가 지닌 모든 걸 부숴 버릴 대공자라는 직위도 있었다.

어쩌면 지금 단노백은 그 어떠한 살수보다 두려운 존재

를 눈앞에 두고 있는지 모르겠다.

단노백은 짐짓 당황한 마음을 추스르며 최대한 자연스럽게 말을 이었다.

"대공자님께서 어찌 이런 야심한 밤에 제 앞길을 막으시는지요?"

"물어볼 게 있어서."

"물어보실 게 있으시면 제 거처로 찾아와 물으시면 될 것을 굳이 이렇게 수하들을 때려눕히시면서까지……."

"지금이 아니면 순순히 대답하지 않을지도 모르는 질문이라서 말이야. 그리고……."

혁련휘가 갑자기 말을 끊었다. 그러고는 허리춤에 차고 있던 파멸혼을 꺼내 들었다. 새카만 도신에 새겨져 있는 하얀색 용.

파멸혼이 단노백의 목에 와 닿았다.

스윽.

차가운 도신에서 느껴지는 섬뜩한 감각에 단노백이 마른 침을 삼켰다.

혁련휘가 말을 이었다.

"대답 여부에 따라 널 죽여야 할 수도 있어서."

죽일 수도 있다는 말에 단노백은 입술을 깨물었다.

제아무리 대공자라 할지라도 환영학관의 부학장인 자신

을 막무가내로 죽인다면 그 이후에 벌어질 후폭풍이 적지 않을 거라 경고를 하고 싶었다.

하지만 그런 자신의 생각은 그저 목구멍 안에서만 맴돌았을 뿐이다.

입을 꾹 닫은 채로 가만히 서 있는 단노백을 향해 혁련휘가 말했다.

"대답은?"

"……알겠습니다."

"좋아, 그럼 자리를 좀 옮기지. 혹시나 이야기가 새어 나가면 좋지 않으니까."

혁련휘의 시선이 쓰러져 있는 단노백의 호위 무사들에게로 향했다. 죽을 정도로 손을 쓴 상태가 아니라 그들은 모두 혼절해 있었다.

하지만 만약 그들 중 누군가가 자신들의 대화를 들을 수 있는 조금의 위험도 남겨 두지 않기 위해서다.

혁련휘의 말에 단노백은 고개를 끄덕이고는 호위 무사들에게서 떨어진 곳으로 발걸음을 옮겼다.

둘은 그렇게 일각가량을 걸었다.

그리고 이내 적당한 장소에 이르자 혁련휘가 단노백을 멈춰 세웠다.

"여기가 좋겠군."

말을 마친 혁련휘는 아직까지 손에 들고 있던 가면을 품 안에 넣었다. 그 모습을 가만히 바라보던 단노백이 물었다.

"제가 오는 길목을 어찌 아시고 기다리신 겁니까?"

"알면서 묻는 건가? 가면 봤잖아."

혹시나 해서 돌려서 물었지만 혁련휘는 곧바로 치고 들어왔다.

어느 정도 예상하긴 했었지만 단노백의 생각이 틀리지 않았던 모양이다.

'가면 집회에…… 대공자가 있었던 게 분명하군.'

대체 어떻게 안 것일까?

나름 철저한 보안 체계를 갖췄다 자부하던 자신이다. 그런데 그걸 대공자가 어떻게 알고 가면까지 가지고 모임에 참석할 수 있단 말인가.

혁련휘가 가면 집회에 참석했다는 걸 알자 단노백의 생각이 어느 정도 정리됐다.

그곳에서 이야기가 오간 것들에 대해서는 절대 거짓말을 해선 안 됐다.

그 사실을 알자 단노백은 오히려 한결 마음이 편해졌다.

오늘 집회에서 크게 중요한 말들이 오고 간 것은 없다 판단돼서다.

단노백이 말했다.

“그래서 저에게 물어보실 것이 무엇입니까?”

“그분이라 칭하던 존재.”

그분이라는 말에 단노백이 잠시 고민하는 듯하더니 이내 생각났다는 듯이 말했다.

“아, 그 대화를 들으셨군요. 저희들의 뒤를 봐주시는 분입니다. 마교의 세력가로…….”

“단노백.”

“예?”

말을 이어가던 단노백이 왜 그러냐는 듯 자신을 향해 성큼 다가선 혁련휘를 올려다볼 때였다. 혁련휘의 발이 그의 발등을 밟더니 강하게 내리눌렀다.

혁련휘의 힘에 단노백의 발이 땅으로 박혀 들어갔다. 그리고 그만큼 커다란 충격이 발등을 타고 전신을 마비시키듯 퍼져 나갔다.

단노백이 이를 악물었다.

“크! 대, 대공자님 갑자기 왜…….”

“어디서 말장난이야?”

“마, 말장난이라니요?”

“네가 말하던 그거 내 동생이잖아.”

혁련휘의 말에 단노백의 머리가 일순 새하얗게 변했다.

분명 대화를 하는 와중에 소교주라는 단어는 입 밖으로

꺼낸 적이 없다 여겼다.

그런데 대체 어떻게…….

그런 단노백을 향해 혁련휘가 말을 이었다.

“학장보다 훨씬 높은 존재, 반년이 넘는 잠적, 그리고 최근 들어 수행하러 들어갔다는 소문. 그 모든 게 가리키는 존재라면 그 녀석밖에 없잖아. 설마 속이려고 한 건가?”

“그, 그럴 리가요. 바로 말씀드리려 했습니다.”

단노백은 황급히 둘러댔다.

사실 다른 건 다 밝혀도 소교주에 대한 것만은 어떻게든 감추려 했던 단노백이다.

하지만 저토록 많은 것들이 소교주인 혁리원을 가리키고 있는 지금 무작정 아니라고 우길 순 없는 노릇이었다.

대답을 들은 혁련휘가 발등을 밟고 있던 발을 떼어 냈고, 그제야 단노백은 한숨을 내쉬었다.

고통에서 벗어난 단노백은 혁련휘의 눈치를 살폈다.

대답 여부에 따라 자신을 죽일지도 모른다 말했던 혁련휘다.

과연 어떤 연유로 그가 자신을 죽이려 했는지부터 알아내야 살 확률이 올라간다.

단노백이 소교주의 존재만큼은 감추려 했던 이유.

만약 혁련휘가 자신을 죽이려 한다면 그 이유는 바로 소교주라는 존재와 연관되었을 확률이 가장 높다 예상한 탓이다.

단노백은 생각했다.

혁련휘는 대공자, 하지만 오랜 시간 모습을 감추면서 대내적으로는 죽은 걸로 알려져 있었다.

그런 그가 마교로 돌아왔지만 이미 소교주라는 존재가 있다.

당연히 대공자의 입장에서 소교주인 혁리원은 눈엣가시일 수밖에 없다.

혁리원이 있는 이상 다음 대 마교 교주의 자리에 오를 수 없을 테니 말이다. 그랬기에 단노백은 혁련휘와 혁리원은 최악의 사이일 거라 예상했다.

그런 상황에서 자신이 혁리원과 뭔가 연관이 있다면 그에게 죽을 확률이 올라갈 거라 지레짐작하고 있었지만 사실은 그 반대였다.

혁련휘가 말했다.

"잘 들어. 내가 집회에 갔던 이유는 다름 아닌 네놈을 죽이기 위해서다. 그곳에서 널 죽여야 할 확실한 증거를 찾으려 했거든. 하지만…… 운이 좋았어. 저 이야기 때문에 네가 살았거든."

"……."

단노백은 혁련휘의 한 마디 한 마디에 귀를 기울였다. 아주 작은 단서가 자신의 생사 여부를 바꿀 수 있다 여겼으니까.

그랬기에 단노백은 지금 혁련휘의 말에서 뭔가 많은 고민을 하게 됐다.

'소교주와 연관이 있다는 걸 알게 해 준 그 말 때문에 오히려 살게 됐다고?'

과연 이게 무슨 의미일까.

곧이곧대로 들어야 할지, 아니면 다른 뭔가를 알아내려는 함정인 건 아닐까?

고민이 꼬리에 꼬리를 물 때 혁련휘가 물었다.

"묻지. 내 동생과 무슨 일이 있었던 거지?"

"별거 없었습니다. 그저 제 일을 조금 도와주신다는 약조를 받았던 것뿐입니다. 집회에 오셨으니 직접 들으셨지 않습니까. 저와 소교주님은 그리 긴밀한 사이는 아니었습니다. 그랬다면 이렇게 제게 일언지하 말씀도 없진 않으시겠지요."

단노백은 우선 잡아떼기로 마음먹었다.

혁련휘의 말이 함정일 수도 있기에 최대한 소교주와는 깊은 관계가 아닌 것처럼 꾸미는 게 낫다 생각한 것이다.

그러면서도 아예 상관이 없는 건 아닌 정도로 슬쩍 발을 담가 두는 선에서 적당한 줄타기를 하고자 했다.

혁련휘가 살짝 표정을 찡그리며 물었다.

“도와주기로 한 게 뭐지?”

“아, 그게…….”

잠시 머뭇거리긴 했지만 대답하지 않을 이유가 없었다. 집회에서 이미 학장에 대한 이야기가 오고 갔으니 말이다.

“학장 요문원에 대한 일입니다.”

“그가 왜?”

물어 오는 혁련휘를 바라보던 단노백의 눈동자가 빛났다.

지금 이 상황 어찌 보면 위험한 순간이긴 했지만 반대로 생각하면 절호의 기회였다.

연락이 끊긴 혁리원 탓에 혁련휘와 어떻게든 손을 잡으려 했던 자신이 아니던가.

자신과 만나 주지 않던 혁련휘와 이렇게 된 지금 오히려 그를 같은 편으로 끌어들일 수도 있다.

“제가 뒷조사를 하다 요문원의 악행에 대해 알아낸 게 있는데, 그 일을 소교주님께서 처리해 주시겠다 하셨습니다. 저 또한 마교의 새로운 미래가 될 학관에서 만큼은 공명정대한 이가 학장으로 있어야 한다는 생각에…….”

“학장 자리에 앉기 위해 내 동생과 거래를 했다 이거군.”

“딱히 학장 자리에 대한 욕심보다는…….”

"아닌가?"

말을 하며 혁련휘가 단노백의 눈동자를 응시했다. 그 눈을 보고 있노라니 단노백은 이상하게 말문이 막혔다.

혁련휘의 눈은 마치 자신의 마음을 모두 읽어 내는 듯한 착각을 불러일으켰다.

이 사내 앞에서는 웬만한 거짓말은 통하지 않을 거라는 생각이 들었다.

단노백이 솔직하게 수긍했다.

"……맞습니다."

"이제야 솔직해지는군."

"누구에게나 오르고 싶은 자리에 대한 욕심이 있지 않겠습니까. 전 그게 이 학관의 학장이었습니다. 오랜 시간 이곳에서 지냈고, 이곳의 최고가 되는 게 제 바람입니다. 그런 욕심을 가진다는 게…… 문제가 있는 겁니까?"

"아니, 네 말대로다. 잘못은 아니지."

혁련휘는 단노백의 욕심을 탓할 생각이 없었다.

그것이 가질 수 없을 정도의 커다란 것에 대한 막연한 욕심이라면 모를까, 학관의 학장 자리는 단노백이 충분히 오르고자 욕심을 가져도 될 법한 자리다.

혁련휘가 뭐라고 하기는커녕 오히려 동조한다는 뜻을 내비치자 단노백의 표정이 한결 밝아졌다.

든든한 뒷배를 지닌 요문원과 달리 단노백은 믿을 구석이 없었다.

그랬기에 요문원을 흔들 만한 정보들을 가지고도 혼자선 어찌할 수가 없었다.

단노백이 필요로 하는 건 요문원의 뒤에 있는 이들과 대적할 힘을 지닌 존재.

혁리원과의 연락이 끊긴 지금 혁련휘는 단노백에게 좋은 뒷배가 되어 줄 유일한 자였다.

생각해 보면 혁련휘에게도 이번 일은 꼭 나쁘지만은 않았다.

자신은 혁련휘에게 학장의 더러운 악행들에 대한 정보를 줄 수 있다.

그로 인해 혁련휘는 마교의 썩은 뿌리를 잘라 내는 업적을 하나 만들며 본인의 위치를 조금 더 공고히 할 수 있고, 자신은 빈 학장의 자리를 그의 힘을 빌려 오를 수 있다.

서로 상부상조할 수 있는 일이니 혁련휘 또한 반길 거라 생각하며 막 입을 열려 할 때였다.

그보다 먼저 혁련휘의 입에서 충격적인 말이 흘러나왔다.

"그래서 그 욕심을 위해 내 동생에게 독을 먹인 게 네놈 짓이냐?"

"……예?"

쇠몽둥이에 머리를 맞은 것처럼 멍한 표정으로 단노백이 혁련휘를 바라봤다. 그리고 이런 반응을 혁련휘 또한 예상하고 있었다.

이미 집회에서 단노백의 입장을 충분히 확인했다.

소교주를 죽여서 그가 얻을 수 있는 게 아무런 것도 없다. 오히려 혁리원을 지켰다면 모를까 그를 죽였다가는 원하던 모든 걸 잃는 게 바로 단노백이었으니까.

알지만 혁련휘는 단노백의 속내를 더욱 파헤치기 위해 일부러 이 같은 이야기를 꺼냈다. 그리고 그런 혁련휘의 방법은 제대로 먹혀들었다.

놀란 듯 서 있던 단노백이 이내 정신을 차렸다.

그가 미친 듯이 고개를 저었다.

"아, 아닙니다! 소교주님에게 독을 먹이다니요? 제가 미치지 않고서야 어찌 그러겠습니까?"

"그래? 그런데 왜 자꾸 뭔가를 숨기는 거지."

"숨기다니 무엇을……."

"정말 모든 걸 솔직히 말했나? 네가 내 동생에게 독을 먹이지 않았다는 걸 내가 믿을 수 있게끔?"

혁련휘의 말에 단노백은 움찔했다.

그러자 혁련휘가 손을 뻗어 그의 턱을 움켜잡았다. 굳은 몸을 한 단노백이 혁련휘의 손에 제압당해 가만히 그를 응시하고 있을 때였다. 그런 단노백을 바라보며 혁련휘가 말했다.

"이런 상황에서도 나에게 속이는 게 있는데 정말 나보고 네 말을 믿으라는 건가? 내 동생에게 독을 쓴 게 네가 아니라는 걸?"

혁련휘의 말에 단노백은 미치고 팔짝 뛸 노릇이었다.

아니라는 말밖에 할 수 없는 상황.

하지만 문제는 눈앞에 있는 사내에게서 느껴지는 이 기운이다.

당장에 자신의 사지를 찢어발길 듯한 살기와 더불어 쏟아져 나오는 차가운 눈빛.

단노백의 입술이 바짝바짝 말라 갔다.

눈알을 데굴데굴 굴리던 그가 혁련휘의 기운에 눌린 상황에서 힘겹게 입을 열었다.

"전 정말 모르는 일입니다. 소교주님에게 직접 물어보십시오. 전 정말 그 일과 연관이 없습니다."

이런 와중에 꺼내 놓은 묘책이 죽은 소교주에게 직접 물어보라는 거라니…… 혁련휘는 더욱더 단노백이 동생의 죽음과 상관이 없음을 확신했다.

하지만 그건 애초부터 예상했던 것, 지금 혁련휘는 그만이 아는 또 다른 뭔가가 있을 거라 생각하고 있는 것이다.

그걸 알고 싶었다.

혁련휘가 차갑게 몰아붙였다.

"네가 아무런 죄가 없다면 나에게 숨길 필요가 없잖아?"

물론 이건 추측이었다.

단노백이 모든 걸 말했다면 정말로 엄한 사람을 달달 볶는 것에 불과하겠지만 혁련휘는 이런 자에 대해 잘 안다.

욕심이 있고, 자신의 목숨을 중히 여기는 자다.

이런 자들은 모든 걸 말해 주는 듯싶지만 뭔가 중요한 하나만큼은 반드시 감춘다.

혹여 모를 상황에 자신의 목숨을 지키기 위해서.

어차피 밑져야 본전이라는 생각에 몰아붙이기 시작한 혁련휘다. 그리고 그런 그에게 단노백은 완전히 말려들었다.

그리고 결국 단노백이 입을 열었다.

"……모든 걸 말하면 정말로 제 말을 믿어 주시겠습니까?"

"진실을 말했는데 못 믿을 이유는 없지."

"알겠습니다. 그럼 대공자님을 믿겠습니다."

대답을 하는 단노백을 보며 혁련휘가 턱을 움켜잡았던 손을 내렸다. 그제야 고개를 자유롭게 움직일 수 있게 된 단노백은 손으로 목을 어루만지다가 조심스레 말을 이었다.

"학장의 뒤를 캔 건…… 사실 제가 아니라 소교주님이셨습니다."

"원이가?"

예상외의 말에 혁련휘가 되물었다.

그러자 단노백이 고개를 끄덕이며 말을 이어 나갔다.

"학장의 뒤를 캔 것도 소교주님이시고, 제가 그분에게 도움을 청한 게 아니라 그 반대입니다."

"반대라면…… 원이가 너에게 도움을 청했다?"

"예. 정확히 말하자면 소교주님은 학장과 대립하는 제 상황을 알아차리셨습니다. 서로 목표가 같았기에 소교주님은 저에게 학장을 감시하라는 명을 내리셨습니다. 임무를 잘 수행하면 저에게 보답을 하겠다고 하시면서 말입니다."

"어째서 그를 감시한 거지?"

"그건 저도 모릅니다. 소교주님이 그것까지 저에게 말씀해 주시지는 않으셨으니까요. 다만…… 소교주님은 학장에게 무척이나 화가 나셨던 것 같았습니다. 저 또한 학장의 자리를 노리던 몸인지라 굳이 거절할 이유는 없었고요."

그 뒤의 이야기는 혁련휘가 알고 있던 것과 같았다.

학관을 관리하던 혁리원이 갑자기 마교로 돌아갔고, 그 이후로 연락이 끊겼다. 그것이 단노백이 말한 전부였다.

이야기를 다 들은 혁련휘는 침묵했다.

대체 무엇 때문에 그 녀석이 학장 요문원의 뒤를 캔 것일까?

순하긴 했지만 한번 마음을 정하면 흔들리지 않는 뚝심을 지녔던 동생이다. 그런 그가 뭐 때문에 요문원의 뒤를 조사한 것인지 의문이 들었다.

결코 평범한 일 때문은 아닐 터인데…….

잠시 바닥을 내려다보며 생각에 잠겼던 혁련휘가 시선을 돌려 어쩔 줄 몰라 하고 있는 단노백을 스윽 바라봤다.

시선이 자신에게 와 닿자 단노백이 움찔했다.

"원이와 학장 사이에 특이 사항은?"

"별다른 건 없는 것 같습니다."

"그럼 마지막으로 내 동생을 봤을 때 뭔가 이상하다거나 수상했던 건?"

"글쎄요. 별다른 건……."

단노백이 갑자기 말끝을 흐렸다.

그리고 그런 자그마한 머뭇거림을 혁련휘는 놓치지 않았다.

"기억나는 게 있군. 뭔지 말해."

"잘은 모르겠습니다. 마지막인 줄도 모르고 잠시 만났던 그 날 갑자기 '당했다' 라고 하시긴 했는데……."

"당해?"

"예. 별말씀 없이 새파랗게 질린 얼굴로 그렇게 중얼거리셨습니다. 그 이후엔 나가 보라 하셔서 나왔고, 이후엔 뵌 적이 없습니다."

당하다니?

대체 이곳 환영학관에서 무슨 일이 있었던 것일까. 그리고 혁리원이 그렇게 되면서까지 알고자 했던 건 또 무엇이란 말인가.

고민해도 알 수 없는 일.

혁련휘는 화가 치솟았다.

혼자서 대체 뭘 그리도 짊어지고 있었던 것일까?

그리고 동생이 그렇게 될 때 옆에 없었던 자신을 원망했다.

조금만 일찍 혁리원을 찾아왔다면…… 아니, 애초에 이곳 환영학관에 있던 그의 곁을 떠나지 않았다면 녀석은 살아 있을지도 모른다.

혁련휘가 차가운 목소리로 말했다.

"그걸 왜 이제 말한 거지? 내 정체를 알고 수없이 많은 기회가 있었는데."

"그건…… 대공자님이 소교주님과 사이가 좋을 리 없다고 생각했기 때문입니다. 다음 대 교주의 자리가 하나이기도 하고 오래전에 마교에 계실 때 소교주님의 어머니께서 대공자님에게 한 짓들도 어느 정도 들어서 알고 있으니까요."

말을 하는 단노백의 말투는 조심스러웠다.

이것까지 이야기를 해야 하나 고민했지만, 이미 뭔가를 알고 온 것 같은 혁련휘의 모습에 단노백은 자신이 아는 모든 걸 털어놓기로 마음먹은 상태였다.

괜히 숨기다가 소교주에게 독을 먹인 범인이 되고 싶지는 않았으니까.

단노백의 말을 들은 혁련휘가 고개를 치켜들었다.

그의 말은 틀리지 않았다.

아마도 자신들을 아는 모든 이들은 비슷한 생각을 할 것이다.

자신과 동생의 사이는 최악일 거라고.

그건 마교의 수뇌부일수록 더 그리 생각할 수밖에 없다.

둘 사이엔 좋지 않은 과거가 있는 탓이다.

그리고 그건 자신 또한 마찬가지였다.

자하도를 나올 때만 해도 자신이 혁리원의 죽음에 이토록 분개하고, 그를 위해 싸울 거라고는 생각도 하지 못했다.

처음엔 죽이고 싶을 정도로 미웠던 존재.

하지만 어느샌가 유일하게 아끼는 혈육이 되어 버렸던 혁리원.

'예상은 했지만…… 네 죽음이 결코 단순하지가 않구나.'

혁련휘는 잠시 하늘을 올려다봤다.

새카만 밤하늘이 흡사 지금 그의 복잡한 마음을 말해 주는 것만 같았다.

단노백에게로 향했던 동생을 죽인 범인에 대한 단서가 모두 무용지물이 된 상황, 착잡할 수도 있었지만…….

혁련휘가 천천히 입을 열었다.

"단노백."

"예?"

움찔하는 단노백을 향해 하늘을 올려다보던 혁련휘가 시선을 돌렸다.

그가 말했다.

"지금 이 순간부터 내가 시키는 대로 움직여."

*　　*　　*

혁련휘는 혼자였다.

단노백과의 일이 끝나고도 한참의 시간이 지났거늘 아직까지도 혁련휘는 학관에 들어가지 않았다. 그는 성도 외곽에 있는 인적이 없는 장소에 자리하고 있었다.

나무에 기대어 앉은 혁련휘의 옆에는 술이 담겨 있던 새하얀 호리병이 몇 개나 나뒹굴고 있었다.

혁련휘는 개중에 술이 남아 있는 호리병을 입에 가져다

댔다.

독하디독한 싸구려 화주가 넘어가며 목구멍이 타는 듯이 쓰라려 왔다.

혁련휘는 소매로 입가를 닦아 냈다.

그가 나무에 깊게 몸을 누이며 하늘을 올려다봤다. 나뭇가지와 나뭇잎으로 가려진 탓에 하늘에 있는 달조차 모습을 찾기 어려웠다.

어두운 하늘을 올려다보던 혁련휘의 얼굴에 아련한 감정이 돌다 사라졌다.

혁련휘는 술을 썩 좋아하지 않았다.

우선은 술을 먹음으로써 정신이 멍해지는 게 싫었다. 그럼으로 인해 빈틈이 생기고 만약의 일에 대비하지 못할 수도 있다 여겼다.

그리고 둘째.

술을 먹으면서 약해지는 정신을 파고드는 이 고약한 어둠. 이 어둠이 싫었다.

술을 마시면서 취해 갈수록 어렸을 때의 기억들이 그를 괴롭혔다. 그리고 이어지는 자하도에서의 지옥과도 같았던 삶들도.

살기 위해 했던, 기억에서 지우고 싶었던 수많은 과거들이 그를 연신 어둠 속으로 잡아당긴다.

어린아이가 홀로 자신의 몸을 지키기에 자하도라는 곳은 그리 녹록하지 않았다. 수없이 죽였고, 잔인한 짓도 서슴없이 해 댔다.

마교를 약육강식으로 표현한다.

허나 진정한 약육강식은 바로 그곳 자하도다.

그곳은 힘이 없는 자에겐 지옥과도 같은 곳이었다.

힘이 없다면 자하도에서는 땅바닥에 있는 풀 한 포기조차 먹을 수 없다.

생각해 보면 좋았던 기억이라곤 딱히 없었다.

태어나고 어느 정도 나이가 먹은 이후부터 혁련휘는 언제나 살기 위해 싸워 왔다.

고작 열 살이 될 때까지 살수에게 습격을 받은 횟수가 두 손으로 꼽기 어려울 정도로 많았는데 더 설명해서 무엇하랴.

그리고 그 뒤에 있던 건 다름 아닌 새어머니.

즉 지금 자신이 복수를 대신 해 주려고 하는 동생 혁리원의 어머니였다.

그녀는 혁련휘를 미치도록 싫어했다.

자하도로 간 것 또한 마찬가지다. 자신이 갑자기 실성한 것처럼 자하도의 물로 뛰어들었다고 알려져 있지만…….

'미치지 않고서야 그럴 리가 없지.'

혁련휘가 호리병을 입에 가져다 대며 속으로 중얼거렸다.

자하도는 그 누구도 범접할 수 없는 금지다. 그 누구도 들어가서 돌아오지 못한 미지의 장소, 그런 곳에 열 몇 살밖에 되지 않았던 자신이 아무런 이유 없이 뛰어들 턱이 없지 않은가.

살기 위해서였다.

자신을 죽이려 다가오는 적들로부터 살아남기 위해 미친 사람처럼 자하도의 물길로 들어갔다.

어차피 죽을 것을 알았기에, 잡혀서 죽을 바엔 스스로 그곳으로 몸을 던진 것이다.

수없이 죽을 고비를 넘기며 보냈던 유년 시절.

그리고 새어머니의 암수에 결국 자하도라는 금지로 들어가게 된 자신이었다.

자하도에 들어간 이후의 삶은 이루 말로 표현할 수 없을 정도였다.

자하도에는 생각보다 많은 이들이 살고 있다.

수백 년 전에 처음 자하도로 들어온 이들의 후손들이다.

그들 틈에서 혁련휘는 살아남았다. 그러기 위해서 혁련휘가 걸어야 했던 길은 그야말로 피로 얼룩진 길이었다.

무엇 하나 좋았던 것 없는 기억들.

그 모든 것들이 자신을 괴롭히는 지금의 이 순간이 혁련휘는 미치도록 싫었다.

그랬기에 평상시 술에는 거의 입도 대지 않고, 마신다고 해도 정말 소량으로 즐기는 정도인 혁련휘다. 하지만 오늘의 혁련휘는 참지 못하고 술에 입을 대고야 말았다.

동생 혁리원 때문이다.

'설마 그렇게 오랫동안 홀로 고통받았던 것이냐.'

단노백에게서 전해 들은 혁리원의 마지막 말.

'당했다' 라는 그 말에 담긴 많은 의미가 이상할 정도로 혁련휘에게 와 닿았다. 과연 그 당했다가 무엇을 뜻하는 걸까?

혹시 혁리원은 자신이 독에 당한 걸 알았던 게 아닐까.

그렇다면 이곳 학관을 시작으로, 마교에 도착해서 결국 죽음을 맞이할 때까지.

'혼자였겠지. 나처럼 너 또한 혼자였을 게다.'

얼마나 무서웠을까?

자신이 죽어 가는 걸 알면서도 그 누구에게도 손을 내밀지 못하는 그 순간이. 누구에게도 마음을 터놓지 못했을 그 하루하루가.

지켜 주지 못해 미안했다.

녀석이 혼자라는 걸 누구보다 잘 알았던 자신이었는데

그 옆을 그토록 오랜 시간 비우다니…….
동생의 죽음이 모두 자신의 잘못인 것 같아 혁련휘는 마음이 무거웠다.
우울한 마음이 커지자 점점 더 커다란 어둠이 혁련휘를 잠식해 들어왔다. 그의 표정은 한결 더 무겁고, 어둡게 변하고 있었다.
모든 걸 부수고, 뒤집어엎고 싶었다.
혁련휘의 몸 주변으로 살의와 광기가 사정없이 뿜어져 나가기 시작했다.
바닥을 짚고 있던 손에 힘이 들어갔다.
으드득.
손가락이 땅을 파고들어 갔다.
용의 선상에서 단노백이 벗어난 지금 당연히 가장 의심스러운 건 학장인 요문원이다. 둘 사이가 그리 좋지 않았던 것 같고 혁리원 또한 그의 뒤를 캐고 있었다고 들었으니까.
허나 그게 전부가 아니다.
혁리원과의 사이에서 무슨 일이 있었던 것인지, 그것 또한 혁련휘는 알아야만 했다.
아마도 혁리원은 알아선 안 될 것까지 접근한 것일지도 모르겠다.
그랬으니 요문원이나, 아니면 생각지 못한 제삼자가 나

서서 혁리원에게 독을 먹였을 테니까.

혁련휘는 이를 갈았다.

'누구든 죽여 주마. 그게 누구라 해도 죽일 것이야.'

동생이 받았던 것보다 훨씬 더 커다란 고통과 공포를 그들에게 되돌려 주고야 말리라.

그 순간 혁련휘의 손아귀에 잡혀 있던 호리병이 깨어져 나갔다.

쨍!

술이 남아 있던 호리병이었던 탓에 술이 손을 타고 흘러내렸다.

무방비한 상태로 호리병이 깨진 탓에 평소답지 않게 이런 자그마한 물건에도 혁련휘의 손바닥에 상처가 생겼다.

피와 술이 뒤섞이며 손바닥은 엉망이 되어 버렸다.

음울해 보이기까지 하는 그의 눈동자에는 아무런 감정도 느껴지지 않았다.

혁련휘가 차가운 눈으로 상처가 난 손바닥을 내려다보고 있을 때였다.

시선도 돌리지 않고 혁련휘가 슬그머니 입을 열었다.

"누구냐."

혁련휘의 말이 떨어지자 멀리 맞은편에 위치한 나무 뒤에서 얼굴 하나가 쑥 하고 모습을 드러냈다.

새하얀 얼굴에 긴 머리카락을 뒤로 깨끗하게 묶은 사내 복장을 한 인물.

그리고 얼굴에는 뭐라 형언할 수 없을 만큼 밝은 미소를 머금은 자.

얼굴만 나무 옆으로 내민 그건 다름 아닌 비설이었다.

나무 뒤에서 모습을 드러낸 비설이 웃으면서 다가오고 있었다.

"형님! 여기서 뭐하세요."

혁련휘가 차갑게 대꾸했다.

"오늘은 너와 장난칠 기분이 아니니 돌아가."

냉랭한 말과 동시에 혁련휘에게선 평소와는 다른 날카로운 기운까지 뿜어져 나왔다.

마치 고슴도치가 가시를 잔뜩 세운 것처럼 혁련휘에게서는 다가오지 말라는 기운이 풀풀 풍겼다.

혁련휘가 이런 기운을 뿜어 대면 그 누구라도 시키는 대로 할 수밖에 없었다. 그만큼 살벌한 기운을 뿜어내고 있으니 말이다.

허나 비설은 달랐다.

잠시 혁련휘의 얼굴을 바라보던 비설은 이내 다시금 그에게 다가왔다.

그녀가 조심스레 혁련휘의 옆에 앉았다.

그런 비설에게 신경 쓰고 싶지 않다는 듯 혁련휘는 엉망이 된 손으로 다른 호리병을 쥐었다. 그가 말없이 술을 들이켰다.

그런 혁련휘를 향해 비설이 입을 열었다.

"형님, 잠깐만 '아' 해 보세요."

"……그럴 기분이 아니라고 말했을 텐데."

"장난치려는 게 아니고요. 잠깐만 '아' 해 보세요."

비설이 마치 따라 해 보라는 듯이 크게 입을 벌리는 시늉을 해 보였다. 그런 그녀의 모습을 바라보던 혁련휘가 귀찮다는 듯 슬그머니 입을 벌렸을 때다.

자신의 옷 속으로 향했던 비설의 손이 빠져나오더니 이내 뭔가를 쥔 채로 빠르게 다가왔다.

비설이 품에서 빼낸 걸 혁련휘의 입에 물렸다.

생각지도 못했던 비설의 행동에 당황했던 혁련휘는 이내 입가에 물려 준 걸 만지며 물었다.

"뭐야, 이건?"

"뭐긴요. 육포죠."

"그걸 몰라서 묻는 게 아니잖아. 대체 왜 속주머니에서 먹을 게 나와?"

혁련휘가 기가 차다는 듯이 말했다.

그렇지만 도리어 비설이 고개를 저으며 말을 받아쳤다.

"혹시 배고플 수도 있으니 속주머니에 간식 챙기고 다니는 건 필수 아닙니까, 형님."
"먹을 거 넣고 다니라고 있는 속주머니가 아닐 텐데."
"어휴, 걱정 마세요. 방금 막 챙겨서 가지고 온 거라 안 더럽습니다."
"더럽고 말고가 문제가 아니라 애초에 왜 그런 걸……."
그때 비설이 옆에 있는 호리병을 휙 들더니 혁련휘의 손에 들린 호리병과 가볍게 툭 하고 맞닿았다.
그녀가 건배를 하고는 짧게 말했다.
"안주 없이 술 드시다가는 속 다 버리세요, 형님."
갑자기 건배를 한 이후 흘러나오는 걱정 가득한 비설의 말투에 혁련휘가 가만히 그녀를 바라봤다.
잔뜩 날이 서 있었거늘…… 해맑기만 한 비설을 보고 있자니 자신도 모르게 눈에 들어갔던 힘이 서서히 풀리고 있었다.
'도무지 모르겠군.'
혁련휘는 비설을 보면서 고개를 저었다.
이 여자는 정말 이해하기 힘든 부류의 사람이다. 자신이 밀어내도 아무렇지 않게 들러붙으면서 상상 이상의 밝음을 온 주변에 뿜어 댄다.
어둠만을 지닌 자신과는 정반대의 사람.

그래서일까?

형님이라 부르며 쫓아다니는 이 비설이라는 여자에게 종종 자신도 모르게 휘둘리고, 또 도움을 주고 있는 이유가.

혁련휘 본인이 지니지 못한 빛을 가지고 다니는 여인, 그게 바로 비설이다.

자신을 보며 웃고만 있는 비설을 향해 혁련휘가 괜스레 더 퉁명스레 말했다.

"그런데 내가 여기 있는 건 또 어떻게 알았어?"

"에이, 형님은 제 손바닥 안이라는 거 모르셨어요? 전 형님이 어디로 숨으셔도 찾아낼 수 있어요."

자신만만한 비설의 말에 혁련휘가 슬쩍 위를 올려다봤다.

나무에 가려져 보이진 않지만 저 높은 곳에 있는 흑풍, 아마 이번에도 그 녀석을 보고 자신을 찾아왔으리라.

혁련휘가 짧게 말했다.

"잘난 척은. 흑풍을 보고 날 찾아낸 거잖아."

"그것도 능력이죠."

뻔뻔하게 말을 내뱉으며 비설은 품속에 있는 먹을거리들을 빼냈다.

한 움큼은 되어 보이는 육포와, 외부로 나온 김에 사 두었던 만두까지 꺼내 보인 그녀가 호리병에 담긴 화주를 삼키며 소리를 질렀다.

"크아, 독하다."

눈을 꽉 감으며 쓰다는 듯이 소리를 뱉어 내는 비설은 이내 만두 하나를 집고는 우물우물거리기 시작했다.

그녀가 만두를 먹으면서 말을 걸었다.

"어쨌든 형님 앞으로 혼자 술 드시기 없어요."

"왜?"

"거 보니까 술버릇도 안 좋으신 것 같고."

비설이 힐끔 술에 잔뜩 젖은 손을 바라봤다. 그런 그녀의 눈빛에 혁련휘는 자신도 모르게 슬그머니 그 손을 뒤편으로 감췄다.

비설이 말을 이었다.

"결정적으로 이왕이면 술은 혼자가 아니라 좋은 사람과 함께 마실수록 더 맛있다는 거, 이거 모르십니까?"

"함께라……."

혁련휘는 중얼거렸다.

상상도 하기 힘들 정도로 다양한 일을 겪어 오며 살아온 인생이다.

대부분이 피로 얼룩졌던 삶. 그런 삶에 어울리지 않는 말이라는 사실을 알면서도 혁련휘는 이상하게 그 말이 마음에 남았다.

혁련휘는 커다란 만두를 순식간에 먹어 삼키는 비설을

그저 바라만 볼 수밖에 없었다.

방금 전까지 자신을 집어삼키려던 어둠이, 그녀의 손에서 사라져 가는 만두처럼 모습을 감추고 있었다.

덩달아 혁련휘의 표정이 한결 더 편하게 변했다.

그러고는 이내 혁련휘는 비설이 안주라고 내민 것들을 바라봤다.

"그런데 안주가 너무 네 취향인 거 아냐?"

"아니, 이게 어때서요? 만두면 최고 아니에요?"

"그건 네 기준이고."

"마침 잘됐네요. 제가 이 기회에 만두에 대해 말씀드리죠. 이 껍데기는 면과도 같은 밀가루로 만들고, 그 안에는 고기와 야채가 함께 뒤섞여 있으니 하나만 먹어도 그 세 가지를 모두 섭취하는 효과가 있다니까요?"

비설이 만두에 대해 열띤 설명을 하기 시작했다.

끊임없이 이어지는 그 장황한 설명을 듣던 혁련휘가 결국 말을 끊었다.

"비설."

나지막이 자신을 부르는 목소리에 만두에 대해 떠들어대던 그녀가 말을 멈추고, 자신의 옆에 앉아 있는 혁련휘에게로 고개를 돌렸다.

혁련휘가 비설과 눈을 맞춘 채로 어물거리다 입을 열었다.

"고맙다. 확실히 속이 덜 쓰리네."

혁련휘의 입에서 나온 고맙다는 말에 비설은 눈을 동그랗게 떴다.

제법 함께한 시간이 됐지만 단 한 번도 혁련휘에게서 고맙다는 말을 들어 본 적 없는 그녀다.

그런 혁련휘의 입에서 나온 고맙다는 말이었기에 비설에게 그 말은 더욱 크게 다가왔다.

잠시 놀란 듯 바라보던 비설이 이내 환하게 웃었다.

"형님에게 도움이 됐다니 저도 고맙네요."

도움이 돼서 좋다고 말하는 비설을 보며 혁련휘는 다시금 생각했다.

'이상한 녀석.'

도움이 되어 준 게 뭐가 고맙단 말인가.

할 말이 없어진 혁련휘가 화주를 두어 모금 마시고는 가만히 앞만 응시했다. 그리고 그런 혁련휘의 옆에 있는 비설 또한 조용히 앉아 그와 함께 같은 곳을 바라보고 있었다.

긴 침묵의 시간이 지나고 혁련휘가 말했다.

"그런데 왜 이렇게 혼자 술을 마시고 있었는지 묻지 않는군."

"말하고 싶으시면 형님이 어련히 말씀해 주실까 봐요."

비설이 담담하니 말했다.

그녀는 항상 그랬다.

뭔가 궁금한 것이 있어도 혁련휘가 곤란할 수도 있다 생각하는 거에 한해서는 결코 묻지 않았다. 어쩌면 그런 배려 덕분에 혁련휘는 비설을 더 옆에 둘 수 있었던 것일지도 모르겠다.

혁련휘가 손에 든 호리병을 만지작거리다가 입을 열었다.

"내 동생."

"네?"

자신을 부르는 줄 알고 비설이 대답했을 때였다.

혁련휘가 말을 이어갔다.

"녀석이 죽었거든."

순간 이어지는 말에 비설이 당황했다.

그가 말하는 게 자신이 아닌 진짜 동생을 가리키는 거라는 걸 알아차린 탓이다.

그리고 대공자 혁련휘의 동생이라면…….

'소교주 혁리원이 죽었다고?'

화주가 담긴 호리병을 든 비설이 놀란 표정으로 혁련휘를 응시했다.

비설의 시선을 느끼며 혁련휘가 씁쓸한 표정으로 화주를 입에 머금었다.

뜨거운 화주를 삼킨 혁련휘가 자조 섞인 말을 이었다.

"그리고 나는…… 그 녀석을 지켜 주지 못했다."

말을 내뱉은 채로 침묵하는 혁련휘의 얼굴을 비설이 조심스레 살폈다.

무뚝뚝한 얼굴에 감정이 쉽사리 드러나진 않았지만 평소보다 가라앉은 눈빛이 지금 그의 마음을 말해 주는 것만 같았다.

비설이 말했다.

"몰랐어요. 최근에 그런 기색이 전혀 없으셔서요."

"그럴 수밖에. 죽은 지 반년은 됐으니까."

"반년이요?"

비설이 놀란 듯 되물었다.

반년이라면 자신과 혁련휘가 만나기도 전의 일이다. 생각지도 못한 말에 놀라면서도 비설은 의문을 가질 수밖에 없었다.

그렇게 큰일인데 대체 왜 아직까지 소문이 나지 않은 것일까 하는 거다.

비설의 표정에서 그녀의 생각을 읽은 혁련휘가 먼저 입을 열었다.

"마교에서 내가 직접 시신을 수습했는데도 불구하고 오히려 수행에 들어갔다는 이상한 소문만 나는군."

"어째서요?"

"원이는 살해당했거든. 아마 그 범인들이 쉬쉬하고 있는 거겠지."

무덤덤하니 말하는 혁련휘를 보며 비설은 오히려 말문이 막혔다.

마도천하의 시대다.

그리고 그런 마도를 이끄는 마교. 그 마교의 다음 대 교주 후보인 소교주가 살해를 당하다니 상상조차 하지 못한 일이다.

비설은 수십 번 망설이다 조심스레 물었다.

"누구한테 당한지는 알아내셨어요?"

"글쎄. 그걸 안다면 내가 이 고생을 하고 있진 않겠지."

혁련휘의 그 말을 들으며 비설은 그가 왜 환영학관에 있는지 알 수 있었다.

처음부터 이상했다.

혁련휘는 위명을 얻으려고 하는 부류도, 그렇다고 학관에서 뭔가를 배울 게 있는 자도 아니었다.

사람과 딱히 어울리지도 않는 그가 이 학관에 몸을 담고 있다는 점에서 뭔가 이유가 있을 거라고 생각해 왔다.

그게 뭔지 내심 궁금했거늘 이제야 알 것 같다.

비설이 말했다.

"학관에 계신 이유가 그 때문이었군요."

"맞아. 난 내 동생의 죽음과 관련된 놈들을 찾으러 이곳에 왔지."

"그래서…… 단서라도 좀 찾으셨어요?"

"찾은 건지, 아닌 건지 아직은."

아직 혁련휘 또한 확신할 수 없는 일.

그랬기에 대답 또한 두루뭉술할 수밖에 없었다.

혁련휘는 비설에게 동생에 대한 이야기를 간략하게 전했다.

그가 학관에 있을 때 독에 당했고, 돌아가기 전 마지막으로 만난 자에게 '당했다'는 말을 남기고 마교로 간 이후 죽음을 맞이했다는 것 정도를 말이다.

비밀일 필요가 없는 이야기였기에 그런 사실을 밝히는데 있어 혁련휘는 전혀 거리낌이 없었다.

과거에 대한 이야기를 끝마친 혁련휘가 하늘을 올려다보며 말했다.

"동생의 죽음에 많은 놈들이 개입되어 있을 거다. 짐작하고는 있었지만…… 그 녀석의 죽음이 내 생각보다 더욱 외롭고 쓸쓸했을 것 같더군."

말을 하고 있는 혁련휘를 보며 비설 또한 많은 생각을 했다.

처음 그에게 다가가 형님이라 부르겠다고 매달렸던 것

부터 시작해서 종종 혁련휘가 보여 줬던 동생에 대한 알 수 없는 말들.

마치 다시는 볼 수 없을 것 같이 말하는 그런 모습에 비설은 이상하다고 생각했었다.

비설이 입을 열었다.

"저 때문에 더 힘드셨겠어요."

"뭐가?"

"형님, 형님거리며 달라붙었잖아요. 동생분이 그렇게 되신 줄도 모르고…… 제가 그러고 다녔으니 더 생각나셨을 것 같아서요."

비설의 말은 사실이었다.

그랬기에 처음엔 형님이라 부르는 것 또한 질색을 하지 않았던가.

혁련휘가 괜히 침울하게 있는 비설이 보기 싫었는지 말을 받았다.

"처음엔 그랬지. 하지만 이젠 상관없어. 많이 익숙해졌거든."

"……계속 형님이라 불러도 될까요?"

"너답지 않게 쓸데없는 걱정이군. 이미 익숙해져서 괜찮아."

혁련휘의 대답에 비설은 한결 밝아진 표정으로 고개를

끄덕였다.

그녀가 기운찬 목소리로 말했다.

"형님에게 얼마나 소중한 호칭인지 알았으니 이제부터 더 의미 있게 부르도록 하겠습니다."

"의미 있게 부르는 건 뭔데?"

"음, 존경심을 가득 담아서요?"

"나쁘지 않군."

혁리원에 대한 이야기를 더 길게 이어 갈 생각이 없었기에 혁련휘 또한 비설의 장난을 받아 줬다. 그렇게 대충 이야기가 마무리되는 듯하자 혁련휘가 자리에서 일어났다.

"늦었네. 이만 가지."

"네, 형님."

비설 또한 그런 혁련휘를 따르려는 듯 몸을 일으켜 세웠다.

막 한 걸음을 내딛던 비설이 갑자기 움찔했다. 그녀가 다급히 입을 열었다.

"어라? 잠시만요, 형님."

"……?"

먼저 몇 걸음 걸어가던 혁련휘가 고개를 돌려 비설을 바라봤다. 그런 그를 향해 비설이 다급한 목소리로 물었다.

"동생분이 환영학관에 있을 때 누군가에게 당했다고 직

접 말까지 하셨다면서요. 그리고 곧바로 죽으신 것도 아니고 마교까지 돌아가셨다는 거 아니에요?"

"맞아. 그런데 그게 왜?"

"아뇨. 정말 그렇다면 좀 이상한데……."

비설이 뭔가 생각하는 듯했다.

그리고 이내 그녀가 조심스레 고개를 들며 혁련휘에게 말했다.

"형님이 만약 그런 상황이라면 어떻게 하실 거예요?"

"무슨 말이 하고 싶은 건데?"

"아뇨. 그냥 단순하게 입장을 좀 바꿔서 생각해 봤거든요. 당장에 죽은 것도 아니고 뭔가에 당했어요. 그리고 자신을 죽음으로 몰아간 그 뭔가를 알고 있고, 또 죽을 것도 알아요. 형님이 그렇게 되셨다면 가장 먼저 뭘 하실 건가요?"

"날 그렇게 만든 놈을 찾아가 죽이겠지."

"만약 그럴 힘이 없다면요?"

"그럴 일은 없겠지만 만약 그렇게 되면 최소한 날 그렇게 만든 놈들을 죽일 수 있게……."

말을 내뱉던 혁련휘가 갑자기 움찔했다.

혁련휘가 놀란 듯 눈을 크게 치켜뜨고 비설을 바라봤다.

지금 같은 생각을 하고 있으리라는 확신을 가진 그녀가 고개를 끄덕였다.

비설은 자신이 생각하고 있는 바를 말했다.

"전 흔적을 남길 겁니다. 제가 누구에게 당했고, 왜 당했는지를. 설령 제가 죽게 되어 복수를 하지 못한다고 해도 다른 누군가가 그 일을 알 수 있게요."

확신에 찬 비설의 목소리.

그리고 그런 비설의 말은 혁련휘에게 큰 충격으로 다가왔다.

침묵하던 혁련휘가 낮은 목소리로 중얼거렸다.

"……왜 그 생각을 못 했지."

동생의 죽음에 대해 직접 알아내려고만 했다. 그랬기에 생각해 본 적이 없었다.

혁리원의 죽음.

왜 그런 일을 당해야 했고, 또 누군가에게 그런 일을 당했는지를 가장 잘 알 수 있는 자.

그건 우습게도…… 죽은 혁리원 본인이 아닌가.

죽은 자는 말이 없다고들 한다. 하지만 죽기 전의 그라면? 그때의 혁리원에게는 분명 하고자 했던 많은 말들이 남아 있었을 것이다.

비설이 빠르게 물었다.

"동생분이 뭔가를 남길 만한 사람이 있을까요?"

잠시 생각에 잠겼던 혁련휘는 고개를 저었다. 마교가 이미 칠대천의 손아귀에 있는 지금 과연 혁리원이 누굴 믿을 수 있었겠는가.

그리고 만약 그런 자가 있었다면 혁리원이 죽은 순간 그걸 가지고 움직였어야 옳다.

하지만 마교는 조용했다.

아니, 오히려 혁리원의 죽음을 묻고 있다. 그곳에 혁리원의 의지를 이어받은 자가 있을 확률은 지극히 낮았다.

비설이 다시금 물어봤다.

"혹시 시체 근처에 유서 없었어요?"

"없었어. 그건 확실해."

직접 시신을 수습하면서 뭔가 단서가 될 게 없나 꼼꼼히 살폈다.

그렇지만 유서는커녕 조그마한 단서가 될 만한 것 하나 남아 있지 않았다.

그리고 정말로 혁리원이 뭔가를 남기려 했다면 자신이 죽은 뒤에 가장 먼저 그들이 헤집어 놓을 소교주의 거처에 그토록 중대한 내용이 담긴 걸 남겨 뒀을 리도 없다.

비설이 빠르게 말을 이었다.

"그럼 비밀 장소는요? 중요한 물건 같은 걸 숨겨 둘 만한 그런……."

"설마?"

비밀 장소라는 말에 혁련휘가 퍼뜩 뭔가를 떠올리며 비설의 말을 잘랐다.

뭔가를 떠올린 혁련휘가 다급하니 몸을 돌리며 말했다.

"확인할 곳이 있어."

이 늦은 밤에 당장이라도 가려고 하는 혁련휘의 모습에 비설이 당황한 듯 물었다.

"지금 가시게요? 어딘데요?"

비설의 질문에 혁련휘가 슬쩍 뒤로 시선을 돌렸다. 그가 입을 열었다.

"바로 이곳. 성도야."

혁련휘가 곧바로 향한 곳은 다름 아닌 성도의 한 곳에 위치한 골목길이었다. 성도로 돌아오고 몇 번이고 그냥 지나쳐 간 그 골목은 혁리원과의 추억이 가득한 장소다.

그랬기에 오독귀를 제거하고 돌아오던 그 날도 이 골목의 입구에 선 채로 얼마나 하염없이 시간을 보냈던가.

하지만 우습게도 혁련휘는 혁리원이 죽은 이후 이 골목 안으로 들어간 적이 단 한 번도 없었다.

이곳에 오기만 하면 당장이라도 저 어두운 골목 안에서 혁리원이 달려 나올 것만 같은 착각이 일었기 때문이다.

동생과의 추억이 가득했기에 오히려 오지 못했던 이곳.

이 골목은 혁련휘와 혁리원에게 많은 의미가 담겨 있었다.

혁련휘의 뒤를 빠르게 쫓던 비설은 그가 갑자기 멈추어 선 채로 골목을 바라만 보고 있자 옆에서 마찬가지로 기웃거렸다.

그녀가 설마 하는 얼굴로 물었다.

"형님이 말씀하신 곳이 저 골목입니까?"

혁련휘가 말없이 고개를 끄덕였다.

그러자 옆에 서 있던 비설이 혁련휘에게 재촉하듯 말했다.

"어서 가 보죠."

말을 하고 성큼 나아가는 비설의 뒤편에서 혁련휘 또한 발을 움직였다.

어찌 보면 참으로 기묘한 인연이다.

자신을 형님이라 부르던 유일한 혈육인 혁리원과의 추억 가득한 곳에, 그를 대신해 자신을 형님이라 부르게 된 비설이라는 인물과 함께 들어서고 있는 자신의 모습이 말이다.

입구에 선 혁련휘가 천천히 어두운 골목 안으로 발걸음을 옮겼다.

골목 안에서는 퀴퀴한 냄새가 났다.

외곽 쪽에 위치해 있기도 했고, 워낙 좁은 골목길이기에 사람들 또한 크게 왕래가 없는 장소. 볼품없기 그지없지만 이곳이 바로 마교의 대공자와 소교주가 비밀리에 만나곤 하는 장소였다.

혁련휘가 가만히 손을 뻗어 낡은 벽을 훑었다.

그가 속으로 숫자를 세기 시작했다.

'하나, 둘…….'

열세 걸음을 걸은 혁련휘가 갑자기 멈춰 섰다. 그의 시선이 벽으로 향해 있었다.

키에 맞춰서 벽을 만지며 걷던 혁련휘의 손이 아래로 움직였다.

그러고는 이내 멈추어진 손.

허리춤 부분에 있는 벽에 가져다 댄 손에 혁련휘가 슬며시 힘을 줬다.

전혀 균열이라고는 보이지 않는 벽이었지만 혁련휘가 힘을 주자 상황이 바뀌었다.

정확하게 혁련휘의 손가락이 닿아 있는 부분의 돌이 옆으로 밀려 나갔다.

돌이 밀려남과 동시에 가려져 있던 자그마한 공간이 모습을 드러냈다.

이 공간은 혁련휘와 혁리원이 서찰을 주고받을 때 쓰던 비밀 공간이었다. 물론 이곳을 통해 연락을 주고받은 건 꽤나 오래전의 일이다.

혁련휘가 채 혁리원에게 마음을 열기 전.

그때 혁리원은 줄곧 이곳에 서찰을 넣어 혁련휘에게 자신의 안부를 전하곤 했다.

결국 혁리원을 동생으로 인정하게 된 이후에는 이곳을 통해 서찰을 주고받은 적이 없기에 이 비밀 공간에 대한 건 까맣게 잊고 있었는데…….

드러난 공간 안으로 혁련휘가 슬며시 손을 들이밀었다.

그리고 돌 안쪽에 자리한 공간으로 들어간 손가락 끝에 까끌까끌한 무엇인가가 걸렸다.

틱.

'……이건?'

뭔가가 있다.

혁련휘는 망설임 없이 그것을 움켜쥔 채로 돌 안쪽에 있는 공간에서 뽑아 들었다.

혁련휘의 손에 들린 채로 바깥으로 나온 건 다름 아닌 한 권의 서책이었다.

서책을 든 혁련휘의 손이 부들부들 떨려 왔다.

서책의 표지에 적힌 글씨, 그 익숙한 필체가 혁리원의 것임을 단번에 알아본 탓이다.

표지에 적혀 있는 건 단 한 글자였다.

형(兄)

그 한 글자가 혁련휘의 마음에 틀어박혔다.

천하를 다스리는 마교의 소교주가 남긴 유언장이 고작 이런 돌들 사이에 감춰져 있다는 것만으로도 그의 죽음이 얼마나 외롭고 쓸쓸했는지를 말해 주는 듯했다.

죽어 가는 와중에서도 혁리원이 믿을 수 있었던 유일한 사람이 자신뿐이라는 이야기였으니까.

혁련휘가 양손으로 서책을 움켜잡았다. 그의 손가락 끝이 형이라 적힌 글자 위를 어루만졌다. 글자에서 이제는 다시는 만날 수 없는 동생 혁리원의 체온이 느껴지는 것만 같았다.

눈을 감은 혁련휘가 이내 천천히 입을 열었다.

"원아, 미안하다."

혁련휘가 서책에 대곤 사과를 했다.

그가 힘겹게 말을 이었다.

"내가 이번에도 너무 늦었구나."

중얼거리는 혁련휘의 옆에 나란히 서 있는 비설이 안타까운 눈으로 그런 그를 바라보고 있었다.

2장. 마지막 전언

— 원래의 계획대로

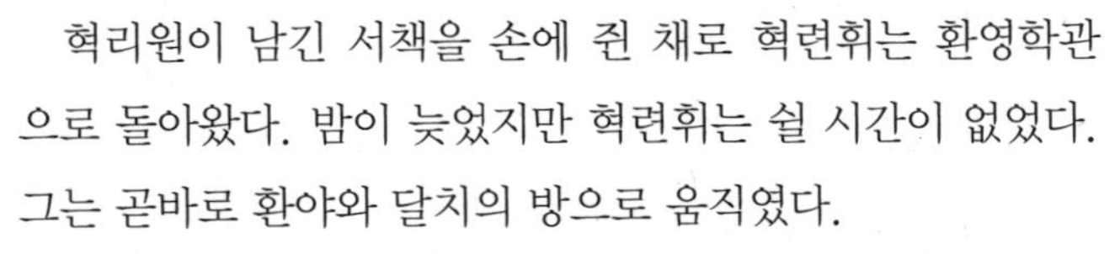

혁리원이 남긴 서책을 손에 쥔 채로 혁련휘는 환영학관으로 돌아왔다. 밤이 늦었지만 혁련휘는 쉴 시간이 없었다. 그는 곧바로 환야와 달치의 방으로 움직였다.

늦은 밤 갑자기 등장한 혁련휘 때문에 환야는 자리에서 일어나 그를 맞았다. 달치 또한 잠시 깨긴 했지만 그는 금세 곯아떨어졌다.

자리에 앉은 혁련휘를 향해 환야가 조심스레 물었다.

"가셨던 일은 잘되셨습니까?"

부의민과 함께 가면을 쓰고 어느 잔칫집에 간다는 이야기는 들었지만 혁련휘가 의미 없는 일을 할 리 없다는 걸 잘 아는 환야다.

환야의 질문에 혁련휘가 짧게 대답했다.

"단노백이 만든 자리였다."

"그럴 거라 생각했습니다. 그곳에서 뭔가 알아낸 거라도 있으셨는지요?"

"그놈은 원이를 죽인 범인이 아니더군."

혁련휘가 딱 잘라 말했고 환야는 표정을 구겼다.

단노백이 아니라면 또 다시금 다른 자에 대해 뒷조사를 시작해야 하는데 그럴 생각을 하자니 골치가 아파 왔다.

그런 환야를 향해 혁련휘가 말했다.

"대신 새로운 걸 하나 가져왔지."

"새로운 거라면 뭡니까?"

"이거."

혁련휘가 손에 들린 서책을 보여 줬다. 서책을 바라보며 환야가 그게 무엇이냐는 듯한 표정을 지어 보였다. 혁련휘가 입을 열었다.

"내 동생이 죽으면서 내게 남긴 단서."

환야는 혁련휘의 말에 깜짝 놀랐다.

"그걸 대체 어디서 구하신 겁니까?"

"등잔 밑이 어둡더군. 나와 원이가 자주 만나던 그 골목에 숨겨져 있었어."

"아……."

거기까지 말을 마친 혁련휘는 천천히 서책의 첫 장을 열었다.

동생인 혁리원이 남긴 마지막 연락이다. 한시라도 빨리 안의 내용을 확인하고 싶은 게 혁련휘의 심정이었다.

그리고 그런 혁련휘의 모습을 본 환야 또한 더는 아무런 것도 묻지 않은 채 묵묵히 그의 옆에 선 채로 자리를 지키고 있었다.

서책의 초반 부분은 평범했다.

자신이 하고 있는 조사와 그에 대한 이야기들. 그 대부분이 바로 칠대천과 연관된 것들이었다.

혁련휘는 천천히 서책을 한 장씩 넘겼다.

그리고 이내 얼마 되지 않아 매 장마다 학장 요문원의 이름이 모습을 드러내기 시작했다. 서책을 읽어 가는 혁련휘의 눈앞으로 대충 상황들이 그려지고 있었다.

'이때쯤부터 요문원이라는 존재를 본격적으로 의심하기 시작했군.'

그리고 이어지는 요문원에 대한 정보들.

일부는 극히 작은 것이었고, 또 어떤 건 나름 중요한 이야기들이 있었다.

환영학관 학장의 자리에 있지만 칠대천의 하나인 묵룡천

가와 손을 잡고 배후에서 뭔가를 꾸미고 있다는 것을 중점으로 두고 시작된 조사였다.

계속해서 서책을 읽어 가던 혁련휘의 눈에 이상한 단어가 보이기 시작한 건 중반이 조금 넘어섰을 때부터였다.

그곳에 처음 적힌 '그들' 이라는 단어였다.

수상한 존재들과 요문원의 만남.

통칭 그들.

묵룡천가의 충복이라 판단했던 요문원에게서 뭔가 다른 낌새가 보임.

주의 요망.

처음엔 혁련휘 또한 대수롭지 않게 넘겼던 부분이다. 그 이후로 한동안 그들이라는 단어는 나오지 않았으니까.

허나 그렇게 몇 장을 넘기다 보니 다시금 나온 그들이라는 단어.

문제는 처음엔 다섯 장에 한 번도 모습을 드러내지 않던 그들이라는 단어가 조금씩 등장 빈도가 늘어나더니 이내 두어 장에 한 번씩, 그리고 더 나아가서는 매 이야기가 그들의 이야기로 가득했다.

그들에 대한 조사 시작.

별다른 성과 없음. 파고 파도 단서가 보이지 않음. 그림자 속에 사는 존재들.

두려운 느낌. 그들은 누구인가?

혹시나 하는 의문.

칠대천을 꼭두각시로 다루는 게 아닐까 하는 의문이 생김.

그들이라는 존재에 대해 적히기 시작하면서 보고서 형식의 서책이 난잡하게 변하기 시작했다.

스스로에게 되묻는 듯한 수없이 많은 질문들.

그리고 그들이라는 존재에 대한 고민들이 서책엔 가득했다.

그렇게 서책의 내용은 점점 심각해져 갔다.

그들이라는 단어가 나오지 않고서는 이야기가 진행되지 않을 정도로 빼곡하게 정체불명의 존재에 대한 언급이 시작되고 있었다.

서책을 살피던 혁련휘의 표정이 심각하게 변했다.

칠대천이 아닌 다른 누군가의 이야기가 가득한 이 서책에는 그들에 대한 혁리원의 두려움이 점점 묻어나오고 있었다.

빠르게 서책을 넘기며 내용을 읽어 가던 혁련휘가 멈추

어 선 곳.

그건 서책의 마지막 장으로 여태까지의 보고서 형식이 아닌 일기처럼 저술된 부분이었다.

처음으로 그들을 만났다.

날 죽이러 온 거라 생각했거늘 그게 아니었다. 그들은 날 죽일 생각은 없어 보였다.

그들이 나에게 말했다.

다음 대 교주는 내가 아니라고. 교주는 자신들이 정하는 자가 될 거라고.

헛소리 말라고 외치는 나에게 그들은 내가 살날이 얼마 남지 않았다는 말을 남기고 떠나갔다.

그들은 날 죽일 수 있었다.

그럼에도 불구하고 죽이지 않았다.

내가 살아 있다 한들 변하는 건 없다 생각해서일까?

분하다.

하지만 그들이 떠난 후에 나는 알 수 있었다. 그들의 말처럼 나에게 남은 시간이 그리 길지 않다는 것을. 해독하기엔 너무 늦은 치명적인 독이 나에게 퍼져 있다는 걸 이제야 알았다.

난 돌아가야 한다.

아버지께 그들의 존재를 알리고 대책을 마련해야만 한다. 마교를 정체불명의 놈들에게 넘기지 않기 위해서는 아직은 죽어선 안 된다.

서책에 적힌 내용은 거기가 끝이었다.

그리고 그 아래에는 혁리원이 혁련휘에게 남긴 단 두 줄의 말이 남겨져 있었다.

형에게 너무 많은 걸 짊어지게 하고 가네.

미안해, 형. 언제나 신세만 져서.

서책에 남겨진 마지막 말까지 모두 읽은 혁련휘가 길게 숨을 내쉬었다.

눈을 감은 혁련휘가 침묵에 잠겼다.

많은 감정들이 스치고 지나간다. 하지만 혁련휘는 애써 그 감정들을 삼켰다.

강하게 깨문 입술에서 한 줄기 피가 흘러내렸다.

긴 침묵을 통해 최대한 감정을 다스린 혁련휘가 천천히 눈을 떴다.

'칠대천 위에 다른 존재가 있다는 건가.'

그들의 뒤를 쫓았던 혁리원조차도 끝내 그 정체를 파악

해 내지 못한 존재들이다. 하지만 이 서책의 내용으로 보건대 그들은 이미 마교 깊숙한 곳까지 잠입해 있음이 분명하다.

그리고 최악의 경우에는 서찰에 적힌 대로 이미 칠대천이 그들의 손에 놀아나는 꼭두각시 노릇을 하고 있는 것일지도 모르겠다.

혁리원은 그들이라는 존재를 쫓았다.

그리고 그들에게 점점 다가가자 결국 놈들이 직접 모습을 드러낸 것이다.

꼭꼭 숨어 모습을 드러내지 않는 존재라면, 자기들이 안달이 나서 나오게 하면 그만.

혁련휘가 자리에서 일어났다.

그가 옆에 선 채로 명령을 기다리는 환야에게 말했다.

"우리가 생각했던 것보다 더 귀찮은 놈들이 이 일에 개입된 것 같군."

"어떻게 할까요?"

"어떻게 하긴."

혁련휘가 손등으로 입술에 묻은 피를 스윽 닦아 냈다. 그가 환야를 향해 말을 이었다.

"원래의 계획대로 하나도 남김없이 찾아내서…… 죽여야지."

*　　*　　*

사방이 탁 하고 트인 정자.

그 정자는 우물의 한가운데 자리하고 있었고, 그 모습이 흡사 물 위에 떠다니는 연꽃 같은 느낌을 풍겼다.

정자를 잇는 양쪽의 다리에는 커다랗고 화려한 비단들이 장식되어 있었다.

아무나 드나들 수 없는 이곳의 정자 위에는 이미 세 명의 사내가 자리한 상태였다.

그들 중 두 명은 무척이나 값비싸 보이는 옷을 두르고 있었다.

반면 다른 한 명은 평범해 보이는 무복을 입은 모습이다.

값비싼 옷을 입은 두 명은 나이 차가 많이 나 보였지만 왠지 모르게 비슷한 외모를 지니고 있었다.

그 둘의 정체는 다름 아닌 칠대천인 혈뢰추가의 가주 주석인과 그의 첫째 아들이자 소가주로 불리는 주원호였다.

주석인은 날카로운 인상의 노부로, 눈이 무척이나 가늘고 입술도 얇았다. 그리고 코는 꽤나 높아 날카로운 검과 같은 느낌을 풍겼다.

그에 반해 주원호는 동생인 주자악처럼 곱상해 보이는

얼굴에 머리는 단정하니 하나로 묶어 뒤로 길게 늘어트린 차림새였다.

서른 초반의 젊은 나이지만 마교 내에서도 손꼽히는 고수가 바로 그였다.

그런 둘과 함께 있는 평범한 복장의 사내는 혈뢰주가 가주 주석인의 오른팔인 신도율이라는 사내였다.

신도율이라는 자는 키가 컸고, 앞머리를 내려 눈을 덮고 있었다.

다소 신비한 느낌을 풍기는 그는 머리카락 때문에 쉬이 얼굴을 보기 힘들었다.

허나 슬쩍슬쩍 드러나는 깊은 눈동자와 머리카락으로 가리지 못한 나머지 외양으로 인해 그가 뛰어난 미남이라는 것 정도는 충분히 짐작할 수 있었다.

정확한 나이를 가늠하기 힘든 신도율은 오래전부터 주석인을 도운 충복이었다.

자리에 앉아 있던 주원호가 짜증스러운 목소리로 말했다.

"약속 시간이 일각은 훨씬 지난 것 같은데 오늘도 늦으려나 봅니다."

맘에 안 든다는 듯한 주원호의 말투에 주석인이 그를 다독였다.

"하루 이틀 일도 아닌데 뭘 그리도 예민하게 구느냐."

"그러니 문제지요. 제 놈들이 아무리 날고 기어 봤자 결국은 저희를 돕는 입장 아닙니까? 제가 교주만 되어 보십시오. 그 이후에 당장 그놈들을……."

"그 입 다물지 못하겠느냐?"

힘을 주어 말하는 주원호를 향해 주석인이 노한 목소리로 말을 내뱉었다. 주석인의 말투에 주원호가 침묵했을 때였다.

주석인이 혀를 찼다.

"낮말은 새가 듣고, 밤말은 쥐가 듣는다 하였다. 내 그토록 입조심을 하라고 신신당부하였거늘 어찌 그리 입이 가벼운 게냐."

노한 주석인의 모습에 주원호는 그저 꿀 먹은 벙어리처럼 입을 닫고 있을 수밖에 없었다.

그런 둘을 가만히 바라보던 신도율이 처음으로 입을 열었다.

"젊은 치기에 그런 용기를 낼 수도 있는 법이지요. 너무 노여워하지 마시지요, 가주님."

신도율의 말에 주원호가 동조한다는 듯 미세하게 고개를 끄덕거렸다. 그런 모습을 본 주석인이 손사래를 치며 말했다.

"자네가 저 녀석 편을 들어 주니 버릇이 나빠지지 않는가."

"제가 편을 들고 말고 할 게 있습니까. 가주님을 따랐던 것처럼 소가주님을 따르는 것. 그게 제 임무일 뿐입니다."

입꼬리를 슬쩍 올린 신도율은 웃는 것 같이 보였다.

그런 그를 보며 주석인은 너털웃음을 터트렸다.

실로 믿을 만한 자다.

실력도 좋고, 단 한 번도 자신에게 밉보일 행동을 한 적도 없다.

옆에 둔 지 꽤 오랜 시간이 지났거늘 아직까지도 입 안의 혀처럼 느껴질 정도다.

그래서일까?

자신보다 아랫사람은 개보다 못한 취급을 해 대는 주원호조차도 신도율에게는 어느 정도 인정을 베풀곤 했다.

물론 그렇다고 해서 신도율이 그 이상으로 자신들에게 많은 걸 원하지도 않았다.

정자에 앉은 세 사람이 그렇게 누군가를 기다린 지 어언 이각이 넘는 시간이 지났을 무렵이었다.

쿠웅.

정자가 떨려 온다는 착각이 들 정도로 커다란 발소리. 당연히 정자에 있는 셋의 시선이 진동이 느껴지는 쪽으로 향했다.

그리고 그곳에서는 오늘 만나기로 한 사내가 걸어오고

있었다.

키가 무려 칠 척에 근접할 정도의 거구로 머리통 크기만 해도 보통 사람의 곱절은 되어 보였다. 머리카락을 길게 땋아서 변발을 한 그는 무척이나 뚱뚱한 인물이었다.

정자가 당장이라도 무너질 것처럼 울려 댔지만, 이런 만남이 익숙해서인지 세 사람은 신경 쓰지 않고 자리에서 일어나 거구의 사내를 반겼다.

주석인이 대표로 인사를 건넸다.

"오셨소이까."

"주 가주, 오랜만이오."

말을 마친 그가 덥다는 듯 섭선을 마구 부쳐 대며 자신이 앉을 의자를 찾았다. 그러자 기다렸다는 듯이 신도율이 뒤쪽에 있던 커다란 의자 하나를 가져와 내려놓았다.

"흠흠."

거구의 사내가 헛기침을 하며 자리에 앉았다.

눈앞에 있는 사내를 위해 특별히 제작된 의자였기에 거구임에도 불구하고 딱 들어맞았다. 그가 편안한 자세로 기대어 앉은 채 물었다.

"무슨 일로 보자고 한 거요?"

사내의 질문에 주석인이 곧바로 대답했다.

"사실은 대공자 때문에 연락을 드렸소."

“그자가 무슨 짓이라도 했소?”

“아니, 꼭 그런 게 아니라 아무래도 그자가 나타났으니 우리의 계획에 차질이 생기지 않을까 염려되어 연락을 했소이다.”

주석인의 걱정스러운 말에 그가 고개를 가볍게 저었다.

“가주께서는 우리의 대업이 고작 그딴 놈 하나 때문에 어긋날 정도라 생각하시오?”

“물론 그건 아니지만 무릇 돌다리도 두드려 보고 건너는 게 좋은 법 아니겠소.”

그럴듯하게 말하는 주석인의 말투에 거구의 사내가 피식 웃으며 말했다.

“너무 신경 쓰지 마시오. 소교주처럼 조만간 처리해 드릴 테니.”

“정말이시오?”

“언제 우리가 허언을 하는 것 보았소? 그냥 당신들은 우리만 믿고 따라오면 되오.”

“그거야 여부가 있겠소.”

처리해 준다는 말에 주석인의 표정이 한결 밝아졌다. 그런 그를 물끄러미 바라보던 거구의 사내가 섭선을 접으며 말했다.

“이야기가 끝났으면 이만 가 보겠소. 좀 바빠서 말이오.”

"바쁘신 분을 괜히 귀찮게 한 것 같소이다. 그럼 살펴 가시고 그분께도 말씀 잘 부탁드리오."

"에헴, 그럽시다. 그럼 나중에 다시 연락하겠소."

말을 마친 그가 의자에서 일어나더니 거구의 몸을 이끌고는 정자를 벗어나기 시작했다.

워낙 뚱뚱한 탓에 한 걸음 걸을 때마다 뱃살이 출렁거렸고, 주변은 지진이라도 난 것처럼 쿵쿵 울려 댔다.

그렇게 어딘가로 걸어가던 거구의 사내가 방금 전 들었던 한 존재에 대해 떠올렸다.

'대공자라…….'

대공자에 대해 어찌 모르겠는가.

마교뿐만이 아니라 온 중원을 시끄럽게 하고 있는 인물인데 말이다.

허나 이 거구의 사내에게 중요한 건 대공자라는 신분이 아니었다.

그보다 더 중요한 것.

'자하도에서 나왔다?'

피식.

비웃음을 흘린 그가 손에 들린 섭선을 쫘악 펼쳤다. 그가 섭선을 거칠게 부치며 한 걸음 한 걸음 걸어 나갔다.

그의 얼굴엔 흥미 있는 기색이 역력했다.

섭선으로 커다란 얼굴을 가리기라도 할 것처럼 세운 사내가 중얼거렸다.

"자하도에서 나온 게…… 어디 네놈뿐이겠느냐."

3장. 사냥 시작

— 네가 도망갈 곳은 없다

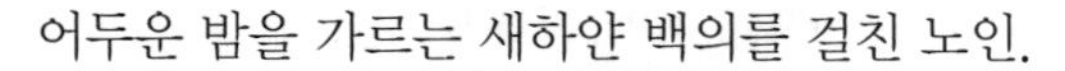

어두운 밤을 가르는 새하얀 백의를 걸친 노인.

노인은 어둠 속에서 날렵하게 움직였다. 나이에 어울리지 않는 민첩함을 보이며 노인의 몸이 연무장 곳곳을 누볐다.

손에 들린 검 하나로 연무장을 흔들리게 만드는 고강한 무공의 주인.

환영학관의 학장 요문원이다.

파아앗!

검이 어둠을 가르며 새하얀 빛을 사방으로 뿜어 댔다. 검에 맺힌 검기가 성난 맹수처럼 어지럽게 날뛰었다.

한참 동안 이어지던 긴 검무가 막 끝이 났고, 검을 내린 그가 나지막이 숨을 내쉬며 마지막 호흡을 골랐다.

요문원은 준비해 온 비단으로 이마에 흐르는 땀을 가볍게 닦아 내며 중얼거렸다.

"보고해."

대답이 들려오기 무섭게 연무장의 한쪽에서 요문원의 수하로 보이는 한 명이 모습을 드러냈다.

그가 포권을 취하며 예를 갖추고는 빠르게 말을 이었다.

"부학장이 움직이기 시작했습니다."

"겨우 그런 일로 나에게 급한 일이라 연락을 취한 게냐? 그놈이 머저리 같은 짓을 한 게 하루 이틀 일도 아니고……."

요문원 또한 단노백이 자신과 대립하고 있다는 사실은 잘 알고 있다. 그가 학장 자리에 욕심이 있다는 것도.

하지만 요문원은 단노백의 움직임에 하나하나 크게 신경 쓰지 않았다.

단노백은 학관 내에서 자신의 바로 아래인 부학장이긴 하지만 실상 둘이 지닌 권력은 비교할 수 없을 정도로 차이가 났기 때문이다.

그런 단노백은 그에겐 대수롭지 않은 존재였다.

다만 자신이 자리를 비운 틈에 학관 내부의 수많은 이들을 규합해 세력을 만들었다는 사실을 알고, 그들을 최근 들어서 부수기 시작한 요문원이다.

그들의 존재가 크게 위협적인 건 아니었으나, 자신에게 적대하는 자들을 그냥 둘 정도로 착한 성격은 아니었으니까.

거기다 혹여나 그들을 그냥 놔뒀다가 차후 시끄러운 일이 벌어지는 것도 피하고 싶은 탓이다.

그랬기에 주기적으로 단노백에 대한 보고를 받긴 했지만 이렇게 무공을 연마하는 시간까지 방해를 할 정도로 중요한 일은 아니었다.

짜증 가득한 요문원의 반응에 수하 또한 이미 예상했다는 듯이 다음 말을 이었다.

"그가 대공자와 손을 잡았답니다."

"……대공자와?"

요문원의 목소리가 처음으로 심각하게 돌변했다.

단노백과 혁련휘라니?

이건 생각지도 못한 조합이다.

학관에 있는 그 누가 단노백과 손을 잡았다 한들 요문원은 크게 동요치 않았을 게다. 허나 단 한 명, 혁련휘만은 달랐다.

그는 교주의 핏줄이니까.

요문원이 진중해진 목소리로 물었다.

"대공자가 무슨 득이 있다고 그놈과 손을 잡는단 말이냐?"

"심어 놓은 자의 말을 들어 보건대 단노백이 오늘 뭔가 중요한 물건을 받기로 되어 있답니다. 그 물건을 조건으로 대공자와 거래를 했다고 하더군요. 그것만 손에 쥐면 학장님을 당장에 그 자리에서 끌어내릴 수 있다 호언장담을 했다고……."

"날 끌어내릴 수 있는 물건?"

눈살을 찌푸린 요문원이 반문했다.

사실 자신의 자리를 위협할 만한 그런 물건이 무엇인지 전혀 감이 오지 않았다.

하지만 뭔가 걸리는 게 많은 탓에 정체 모를 발언임에도 불구하고 찜찜한 느낌에 휩싸일 수밖에 없었다.

"그게 뭔지는 모르고?"

"예, 그것까지는 발설하지 않았다고 합니다."

"허기야 그게 뭔지까지 떠들어 댈 정도로 멍청한 녀석은 아니니."

얕보고 있긴 하지만 그래도 환영학관 부학장의 자리에까지 오른 자다.

자신이 준비해 둔 물건이 정확히 무엇인지 떠들고 다니지는 않을 터.

'너무 우습게만 생각했던 건가?'

단 한 번도 단노백이 자신의 심장을 겨눌 비장의 한 수를 준비하고 있을 거라고는 생각하지 못했다. 그게 무엇인지 아직 알지 못했지만, 그게 혁련휘의 손에 들어가는 것은 막아야 했다.

요문원이 빠르게 물었다.

"대공자의 움직임은 어떻더냐?"

"방금 전까지 지학당에 있는 자신의 거처에 있다 전해 들었습니다."

"단노백은?"

"오늘 밤에 외출하겠다고 신청을 해 둔 상태인 걸 보면 학관 내부가 아닌 외부에서 물건을 수령할 걸로 예상됩니다."

"외부라……."

요문원은 생각했다.

물건이 혁련휘의 손에 들어가게 되면 일이 복잡하게 된다.

고민에 빠져 있던 요문원이 의미심장한 한마디를 중얼거렸다.

"번거로운 일을 다시금 반복할 필요는 없겠지."

요문원이 말하는 번거로운 일이란 건 다름 아닌 소교주

혁리원에 관한 이야기였다.

비밀을 파헤치던 혁리원을 죽게 만든 건 바로 요문원이었다.

흔적을 남기지 않게 오랫동안 유령산의 독에 중독시켰다. 그리고 그들의 존재를 알게 된 혁리원은 결국 최후를 맞이하게 됐다.

꽤나 오랜 시간과 심력을 소모하여 성공시킨 작전이다. 그런 일을 또 반복하는 건 어렵다. 차라리 그럴 바에는 아예 증거가 될 만한 싹을 제거해 버려야 한다.

요문원이 말했다.

"대공자와 단노백, 둘이 오늘 저녁 같이 움직일 거라 생각하느냐?"

"제 생각으로는…… 아닐 겁니다."

"어째서?"

"굳이 둘이 같이 움직이는 모습을 외부에 드러낼 필요도 없고, 단노백 또한 오랫동안 비밀스레 알아낸 일인 걸로 보입니다. 어떤 자를 통해 물건을 받아 내는지 굳이 대공자에게 보이려 할 것 같진 않습니다. 그는 최후의 하나를 반드시 숨기는 자니까요."

"후후, 나 또한 그리 생각한다."

요문원이 나직이 웃었다.

굳이 같이 움직여야 할 이유가 없으니 혼자서 바깥으로 나가 그 뭔가를 받아 오려 할 것이다.

그리고 대공자와 만나는 건 그 직후거나, 아니면 며칠 안에 약속을 잡는 정도로 생각하고 있을 공산이 컸다.

그 틈이 기회였다.

"부학장이 움직이기 전 비밀리에 소집할 수 있는 은월단(隱月團) 인원은?"

"스무 명은 족히 가능합니다."

"좋아, 남아 있는 은월단을 모두 소집해."

"알겠습니다."

"그리고 대공자가 혹여나 부학장과 함께 움직일 수도 있다. 그런 변수가 벌어지지 않게 대공자의 거처를 감시하는 인원도 확실하게 붙이고. 혹여나 대공자가 움직인다면 곧바로 전서구를 통해 연락을 주게끔 전해 두어라."

"알겠습니다. 바로 그들을 이곳으로 모으겠습니다."

말을 마친 요문원의 수하가 모습을 감췄다.

넓은 연무장에 혼자 남게 된 요문원이 손에 들고 있던 검을 허리에 있는 검집에 천천히 밀어 넣었다.

스르릉.

쇠가 밀리는 소리와 함께 섬뜩한 분위기가 사방으로 요동쳤다. 그가 꼽힌 자신의 검을 내려다보며 중얼거렸다.

"멍청한 놈. 가만히 있었다면 그 하찮은 목숨만은 부지할 수 있었을 것을."

이를 드러낸 단노백, 그리고 그가 대공자까지 등에 업은 이상 더는 봐줄 생각이 없었다.

학관을 나가 누군가에게 자신을 위협할 물건을 건네받는 순간, 바로 그때가 기회였다.

단노백의 목숨과, 정체 모를 물건 두 가지 모두를 회수한다.

하늘을 올려다본 요문원이 다시금 입을 열었다.

"그 누구도 나의 앞길을 막을 순 없을 것이야."

설령 그것이…… 교주의 혈육이라 할지라도.

* * *

"정말 이게 맞는 일인지 모르겠습니다."

말을 내뱉는 단노백의 얼굴은 초조해 보였다. 그의 거처에는 낯익은 얼굴 몇 개가 자리하고 있었다.

환야와 달치, 그리고 혁련휘였다.

분명 지학당의 거처에 있다 알려진 혁련휘다.

그런 그가 대체 어떻게 이곳에 있는 것일까?

혁련휘의 거처는 이미 요문원의 엄중한 감시망에 감싸져

있는 상태였다. 그런데도 불구하고 혁련휘가 이곳에 있을 수 있는 건 다름 아닌 부의민 덕분이었다.

오늘의 이 작전은 사전에 준비된 것이었다.

요문원의 귀에 들어간 단노백이 무언가 물건을 받기로 했다는 정보는 사실 혁련휘가 지어낸 거짓말이었다.

거짓 정보로 요문원을 끄집어냈고, 그가 어떤 반응을 보일지도 잘 알고 있다.

그런 상황에서 요문원이 혁련휘 자신을 감시할 거라는 것도.

마음만 먹는다면야 요문원이 붙여 놓은 자들의 눈을 피하는 게 불가능한 건 아니었지만 혁련휘는 더욱 쉬운 방법을 알고 있었다.

애초에 요문원이 사람들을 붙이기 전에 그곳을 빠져나와 있는 것이었다.

오늘의 점호를 맡은 교관은 다름 아닌 부의민이었다.

점호를 담당하는 게 부의민이니 당연히 상부엔 혁련휘가 그곳에 있다고 보고가 들어갔다. 덕분에 혁련휘는 괜히 기척을 감추고 빠져나오는 번거로운 일을 하지 않아도 될 수 있었다.

걱정스레 말하는 단노백을 향해 환야가 말했다.

"거참 걱정도 많네. 우리가 알아서 할 테니 그쪽은 그냥 태연하게 같이 나가 주기만 하면 된다니까."

"그게 그리 간단한 일이 아니라네. 분명 학장이 은월단을 움직일 터인데 고작 우리끼리 나가면 위험하지 않겠는가."

단노백이 걱정하는 건 바로 학장과, 그가 움직이는 은월단이라는 존재였다.

그들의 숫자가 적지 않음을 알고 있는 단노백은 달랑 이렇게 넷이서 그들의 표적이 되자는 말에 기겁을 했다.

그가 재차 말했다.

"그러지 말고 작전을 바꾸세. 내 수하들을 몰래 따라오게 해서 만약의 일이 벌어지면……."

"단노백."

자신을 부르는 혁련휘의 목소리에 단노백이 움찔하며 말을 멈췄다. 그가 차가운 눈으로 단노백을 바라보고 있었다.

혁련휘가 말을 이었다.

"우리가 빠지면 곤란한 건 네 쪽일 텐데."

"대, 대공자님! 지금 와서 그러시면……."

"계획대로 간다. 넌 그냥 따르기만 해."

혁련휘의 말에 단노백은 입을 닫았다.

사실 그는 이런 무모함에 가까운 방식을 좋아하지 않았다.

돌다리도 두들겨 보고 건너는 단노백의 성격상 이토록 위험을 감수하는 작전은 피하고 싶었다.

하지만 이미 한배를 탄 이상 단노백 또한 별다른 수가 없었다.

단노백이 입을 닫자 방 안에는 침묵이 감돌았다.

의자에 기대어 앉은 환야는 품에서 꺼낸 비수의 끝을 손가락으로 어루만지고 있었고, 달치는 아무렇지 않게 방바닥에 드러누운 채로 시간을 보냈다.

그런 둘을 바라보는 단노백의 표정은 심각하기 그지없었다.

'고작 저런 두 놈만을 데리고 학장과 싸울 생각인 건가?'

한 명은 비리비리해 보였고, 다른 하나는 모자라 보인다.

그런 둘과 혁련휘, 거기다 자신까지. 이들로 학장과 그의 부대인 은월단과 싸워야 한다니 어찌 걱정이 되지 않겠는가.

그렇게 시간을 보내던 중 팔짱을 낀 채로 눈을 감고 있던 혁련휘가 슬그머니 입을 열었다.

"환야, 준비해."

"예, 대장."

말과 함께 환야가 손에 들려 있던 비수를 허공으로 휙 하니 던지더니 가볍게 소매로 받아 냈다.

자리에서 일어난 환야가 준비해 둔 뭔가를 끄집어냈다.

그건 바로 사람의 얼굴 형상을 한 인피면구였다.

단노백을 제외한 나머지는 환야가 준비해 온 인피면구를 뒤집어썼다. 순식간에 셋의 얼굴이 다른 이로 변해 있었다.

환야가 인피면구를 쓴 자신의 얼굴을 거울로 확인하며 만족스레 고개를 끄덕였다.

혁련휘 또한 인피면구를 뒤집어쓴 얼굴을 만지며 짧게 말했다.

"괜찮군."

무덤덤한 셋과 다르게 단노백은 기겁을 했다.

이 셋의 바뀐 얼굴이 무척이나 낯이 익었다. 그들은 다름 아닌 이곳 학관의 교관들이었다.

너무나 똑같은 얼굴을 한 셋을 바라보며 단노백이 놀란 얼굴로 물었다.

"서, 설마 그 인피면구의 주인들을 죽이신 겁니까?"

인피면구를 만드는 방법은 몇 가지가 있지만 그중에 대표적인 건 두 가지다.

동물의 가죽을 이용하는 방법, 그리고 두 번째가…… 직접 그 사람의 얼굴을 뜯어내는 것이다.

그리고 아무래도 전자보다는 후자가 더 정교한 건 당연하다.

제아무리 신경 써서 만들어 낸다 해도 직접 그 가죽을 벗겨 내는 것보다 낫기는 힘든 탓이다.

새하얗게 얼굴이 질린 것은 그 때문이었다.

단노백은 지금 이 인피면구의 주인들이 죽은 게 아닐까 생각하고 있었다. 그런 그의 모습을 보며 환야가 피식 웃었다.

그가 단노백의 어깨를 툭툭 두드렸다.

"이거 동물 가죽으로 만든 거야. 다들 무사하니 너무 걱정하지 말라고."

환야의 말에 그제야 단노백은 안도의 한숨을 내쉬었다.

눈으로 보자마자 직접 얼굴을 벗겨 낸 게 아닐까 하는 오해를 불러일으킬 정도로 정교한 인피면구.

환야의 실력이 그만큼 뛰어나다는 사실을 말해 주고 있었다.

그런 환야를 향해 혁련휘가 물었다.

"이 얼굴을 하고 있는 놈들은?"

"혈도를 점혈해서 기절시키고 한곳에 가둬 뒀습니다. 혹시나 저희가 움직일 때 놈들이 다른 곳에서 모습을 보이면 안 되니까요."

혁련휘가 잘했다는 듯 고개를 끄덕였다.

그사이에 인피면구를 쓴 얼굴을 만져 대던 달치가 투덜

거렸다.

"달치 답답하다. 난 이런 거 싫다."

"조용해 인마. 너한테 맞는 놈 찾느라 얼마나 힘들었는지 아냐? 그나마 덩치 비슷한 놈으로 고른 거긴 하지만 혹시 모르니 최대한 몸 구부정하게 하고 다니라고."

환야가 볼멘소리를 하는 달치를 쏘아붙였다.

키도 키지만 워낙 근육질의 몸을 지닌 달치와 비슷한 자를 찾는 건 그리 쉽지 않았다.

그나마 달치와 근접한 자를 찾아냈고, 아주 미세한 차이 정도는 옷으로 가리면 될 일이다.

어차피 자신들이 노리는 상대가 코앞까지 나타났을 때는 이미 정체가 중요한 상황이 아닐 테니 말이다.

소란스러운 둘을 바라보던 혁련휘가 짧게 말했다.

"끝났으면 가지."

"예, 대장."

"달치 주인하고 같이 간다."

말을 마친 세 사람이 입구 쪽으로 먼저 걸어 나갔다. 그리고 원래 있던 자리에서 미동도 않고 서 있는 단노백을 향해 고개를 돌렸다.

혁련휘가 변한 말투로 말했다.

"가시지요, 부학장님. 모시겠습니다."

그런 셋을 물끄러미 바라보던 단노백은 깊은 한숨과 함께 입을 열었다.

"……가지."

주사위는 이미 던져졌다.

*　　*　　*

인피면구를 쓰고 정체를 감춘 혁련휘 일행과 함께 나온 단노백은 곧바로 학관을 빠져나왔다. 그는 성도 시내를 따라 걸으며 이미 약속된 장소를 향해 움직였다.

단노백은 무척이나 태연해 보였지만 실상은 그렇지 않았다.

긴장으로 인해 그의 손은 땀으로 가득했다.

수많은 인파들, 그중에 자신을 감시하는 모종의 인원들이 있을 거라는 걸 단노백은 잘 알고 있었다.

학장 요문원과 그의 수족인 은월단이 아마도 지금 자신의 목숨을 노리고 따라붙었을 것이다.

단노백은 그런 그들의 기척을 감지하기 위해 온 신경을 집중했지만 뭔가를 알아차리지 못하고 있었다.

허나 혁련휘나 환야, 달치는 달랐다.

'따라붙었네.'

환야가 아무도 모르게 피식 웃음을 흘리고는 가볍게 혁련휘와 시선을 마주했다. 굳이 별다른 말을 나누지 않아도 환야는 알고 있었다.

추적자가 붙었다는 사실을 아는 건 자신뿐만이 아닐 거라는 걸.

딴에는 어떻게든 기척을 감추고 뒤쫓고 있지만 이 정도 무공으로 혁련휘 일행을 속일 수 있을 리가 없었다.

이 작전의 가장 큰 변수는 바로 이것이었다.

자신들이 파 놓은 함정으로 요문원이 들어오느냐 마느냐.

움직일 거라는 확신은 가지고 있었다. 그냥 두고 보기엔 요문원이 벌인 일들은 너무나 많았으니까. 다만 확신할 수 없었던 게 하나 있다면 이번 일에 요문원이 직접 움직일지 아닐지였다.

단노백을 제거하는 게 전부라면 반드시 요문원이 움직일 거라는 보장이 없었다.

일반적으로 봤을 때 확률은 반반.

허나 혁련휘는 다르게 생각했다.

요문원이 직접 움직일 가능성이 구 할 이상이라는 확신이 그에겐 있었다.

이유는 간단했다.

정말로 그 물건이라는 게 자신을 끌어내릴 정도의 위험을 안고 있는 것이라면 남의 손에 맡기는 게 불안할 수밖에 없을 테니까.

정체불명의 인원들이 따라붙은 걸 확인하고 일각가량이 흘렀다.

계속해서 성도의 시내를 걷던 혁련휘가 슬그머니 손짓으로 신호를 보냈다.

사전에 약속된 신호를 확인한 환야가 옆에 있는 단노백의 어깨를 툭 쳤다.

그건 마음의 준비를 하라는 무언의 말과 다름없었다. 단노백이 알아보기 힘들 정도로 미미하게 고개를 끄덕이는 순간이었다.

옆에 서 있던 달치가 갑자기 그를 들어 올렸다. 그러고는 누가 뭐라고 할 틈도 없이 혁련휘, 환야와 함께 옆에 있는 골목길로 갑자기 달리기 시작했다.

휘익!

네 명의 몸이 동시에 사라지는 그 순간, 뒤편에서 쫓던 이들의 움직임 또한 부산스러워졌다.

혁련휘의 예상대로 뒤를 쫓는 건 은월단뿐만이 아니었다.

물건을 회수하기 위해 직접 나선 요문원이 적당한 거리

를 벌린 채로 혁련휘 일행을 뒤쫓고 있었다.

그들과 거리를 두고 쫓고 있던 요문원은 단노백의 곁에 있는 얼굴들을 살폈다.

환영학관 교관들만 있는 걸 확인하며 요문원은 내심 안도했다.

'귀찮은 일은 면하게 됐군.'

혹여나 대공자 혁련휘가 함께하면 어쩌나 고민했거늘 다행히 그런 일은 없을 모양이다.

그리 생각하고 한결 편안한 마음으로 쫓던 요문원이다.

별 특이한 점 없이 어딘가로 향하던 그들이 갑자기 돌변해 달려가기 전까지는.

네 명이 갑자기 골목 안으로 뛰어들어 가는 걸 확인하는 순간 평안했던 요문원의 반응이 돌변했다. 그가 황급히 주변으로 전음을 날렸다.

『뒤쫓아! 놓치면 안 된다!』

명령과 함께 가장 가까이 있던 자들부터 재빠르게 경공을 펼치며 건물 위를 날아올랐다.

그들의 몸이 어두운 성도의 밤하늘을 뒤덮기 시작했다.

휘익! 휙!

스무 명이 넘는 인원들이 순식간에 높은 건물 위를 뛰어넘으며 사라져 가는 혁련휘 일행을 뒤쫓았다.

마찬가지로 가장 높은 곳으로 솟아오른 요문원은 그들이 사라진 방향 쪽을 재빠르게 확인했다.

다행히도 그들의 모습이 시야에서 완전히 사라지지 않았다.

요문원은 곧바로 그쪽을 향해 몸을 날렸다. 그리고 그런 그의 옆으로 은월단의 무인들 또한 빠르게 따라붙었다.

요문원은 생각했다.

'알아차린 건가?'

하지만 고민은 길지 않았다. 그는 작게 고개를 저었다.

단노백에 대해서는 잘 알고 있다.

부학장의 자리에 오를 정도니 무시할 정도는 아니라고는 하지만 그렇다고 해서 그가 은월단과 자신의 추적을 눈치챌 실력자가 아니라는 건 그동안 오래 봐 왔기에 알 수 있었다.

단노백이 그럴진대 하물며 그 옆에 있는 교관들 따위가 자신들의 존재를 눈치챘을 리 없다.

'혹시 모를 감시자들을 떼어 내기 위한 행동이겠지.'

요문원은 그리 판단했다.

그 증거가 지금 저들의 움직임이다.

속도를 내서 달려 나가곤 있지만 몸을 감출 만한 곳을 통해 움직이는 게 아니라 빠르게 움직이기만 할 뿐, 모습을 드러내고 있다.

누군가가 쫓는다는 걸 알았다면 저럴 리가 없다 생각했다.

그 사실까지 확인한 요문원은 내심 당황했던 감정을 추슬렀다.

'멍청한 놈들, 설령 우리가 있다는 걸 알았다 한들 그 정도로 도망칠 수 있을 리 없지.'

자신만만한 요문원의 표정, 허나 그가 진실을 알았다면 결코 이런 모습을 보이진 않았을 것이다. 지금 앞에서 달려 나가는 그들이 일부러 자신들에게 속도를 맞추고 있다는 사실을.

요문원과 은월단이 달려 나가는 그들을 계속해서 뒤쫓았고, 이내 성도의 시내를 벗어나 외곽으로 빠져나갔다.

마을을 벗어나고도 한참을 움직이는 그들의 뒤를 요문원은 계속해서 뒤쫓았다.

좀 더 속도를 올린다면 잡을 수도 있었지만 일부러 그러지 않았다.

중요한 건 지금 쫓는 단노백뿐만 아니라 그와 거래를 한 대상까지 이번 기회에 처단을 해야 한다는 거다.

그렇게 한참을 단노백과 그의 일행을 뒤쫓던 중이었다.

나무가 울창한 안쪽으로 뛰어들어 간 단노백의 뒤를 쫓아 민첩하게 움직였던 요문원의 표정이 변했다.

그가 눈을 크게 치켜뜬 채로 주변을 두리번거렸다.

'사라졌어?'

분명 이쪽으로 움직이는 걸 봤는데 네 명의 모습이 거짓말처럼 사라졌다.

요문원이 황급히 포위망을 좁히고 있는 수하들에게로 시선을 돌렸다.

허나 그들이라고 해서 다를 건 없었다.

그들 모두 당황한 표정으로 주변을 둘러보고 있었다. 요문원은 지금 이 상황을 믿기 어려웠다. 절대 놓치지 않을 거리를 유지해서 쫓고 있었거늘 갑자기 나무들 사이로 들어오더니 모습을 감췄다.

마치 하늘로 솟은 것처럼 말이다.

'절대 놓쳐선 안 된다.'

이를 으득 갈며 요문원이 은월단에게 명령을 내렸다.

『포위망을 유지한 채로 거리를 좁혀 간다. 갑자기 사라지긴 했지만 그리 멀리는 가지 못했을 것이다. 수상쩍은 것 하나라도 놓쳐선 안 된다. 적당한 거리를 둔 채로 이동한다.』

요문원의 명령에 은월단 또한 빠르게 평정심을 되찾고는 적당한 거리를 벌린 채로 한 걸음 한 걸음 신형을 움직이기 시작했다.

혹시나 모를 기습에 대비해 그들은 일 장 정도의 거리를 유지한 채로 나무 숲 사이를 천천히 움직였다.

스윽, 스윽.

나무에 몸을 감춘 채로 움직이는 은월단의 손에는 무기가 들려 있었다.

눈을 빛내며 어둠 속에서 상대를 찾기 위해 그들의 신경은 예리하게 펴져 나갔다.

아무 기척도 느껴지지 않는 어두운 숲은 왠지 모르게 스산했다.

그리고…….

정면을 응시한 채로 걸음을 옮기던 은월단 무인들 중 한 명의 뒤편 어둠 속에서 한 쌍의 손이 뻗어져 나왔다.

파악.

어둠 속에서 뻗어져 나온 손이 무인의 입을 틀어막음과 동시에 그를 짙은 암흑 속으로 끌고 들어갔다.

그 움직임은 기민하면서도, 은밀했다.

자신의 옆에 있는 동료 한 명이 사라졌다는 걸 아무도 알아차리지 못할 정도로.

그렇게 뭔가가 벌어지고 있다는 사실조차 모른 채 요문원은 숲 사이를 걸으며 단노백을 찾고 있었다.

온 신경을 쏟아 붓고 있거늘 아무런 것도 느껴지지 않자 요문원은 초조함이 밀려들었다.

혹여나 단노백을 놓쳐서 그가 자신을 위협할 만한 뭔가를 대공자에게 가져다주게 된다면 요문원은 다시금 위험을 무릅써야만 했기 때문이다.

한참을 걷던 그가 잠시 발걸음을 멈췄다.

'대체 어디 있는 거야?'

요문원이 신경질적인 표정을 지어 보이며 슬쩍 수하들을 바라봤다.

은월단 무인들 또한 집중한 채로 어둠을 헤치며 나아가고 있다.

그들의 모습을 확인하고는 다시금 앞으로 시선을 움직이던 요문원은 뭔가 이상한 점을 느끼고는 고개를 돌렸다.

'뭐지?'

자신을 포함해서 정확하게 스물세 명이 움직였다.

그런데 지금 눈에 보이는 숫자는 자신을 빼고 열 명에 불과하다.

절반이 넘는 열두 명의 모습이 보이지 않고 있었다.

나무에 가려져 있거나 해서 한둘 정도가 당장에 시야에 들어오지 않는 수준이라면 그냥 넘겼을지도 모른다.

허나 그 숫자가 절반이라면 이야기는 달라진다.

그 사실을 깨닫는 순간 요문원의 안색이 변했다.

'뭔가가 잘못되고 있다.'

수하들이 사라졌다.

문제는 절반이 넘는 인원이 사라질 때까지 주변에 있는 다른 이들이나 자신까지도 아무런 것도 알아차리지 못했다는 거다.

그런 말도 안 되는 일이 대체 어떻게 벌어질 수 있단 말인가?

너무 놀라 딱딱하게 굳었던 요문원은 재빠르게 정신을 수습했다. 더는 단노백을 쫓는 게 문제가 아니었다.

따악!

요문원이 손가락을 튕겼다.

앞만 보고 걸어가던 은월단의 무인들이 소리가 난 요문원에게로 시선을 돌렸다. 더는 기척을 감추는 게 무의미하다는 걸 알아서인지 요문원이 입을 열어 말했다.

"옆에 있는 동료들을 확인해."

나지막한 한마디에 주변을 두리번거리던 은월단 무인들은 그제야 자신들의 옆에 있던 이들이 사라진 것을 알아차렸다.

그들은 당황한 듯 제자리에 서서 이게 무슨 일인가 하는 충격에 휩싸여 있었다.

바로 그때였다.

어둠 속에서 뻗어져 나온 손이 남아 있던 이들 중 하나를 끌어당겼다.

서로가 서로를 바라보던 상황에서 벌어진 일이었기에 이번에는 확실히 볼 수 있었다.

비명조차 지르지 못하고 사라진 동료.

어둠 속으로 갑자기 빨려 들어간 자신의 수하는 기척조차 느낄 수 없었고, 그가 사라진 방향은 아무리 안력을 올려도 볼 수 없는 깊은 어둠이 꿈틀거렸다.

요문원이 황급히 소리쳤다.

"상대는 뒤에서 온다! 진영을 갖춰!"

고함 소리에 은월단 무인들은 황급히 요문원 쪽으로 다가오며 동그랗게 진영을 잡았다.

뒤쪽에서 갑자기 다가오는 움직임을 사전에 차단하기 위해서였다.

쏴아아아.

진영을 잡은 그들 사이로 거친 바람이 한 줄기 스치고 지나갔다.

동시에 숲의 나뭇가지들이 서로 부대끼며 스산한 소리를 쏟아 냈다.

원의 가운데에 자리한 요문원의 얼굴엔 깊은 수심이 가득했다.

수하가 사라지는 모습을 분명 눈으로 확인했다.

그건 충격 그 자체였다.

어둠 속에서 나온 손이 머리를 움켜잡고 어딘가로 끌고 들어간다.

거리가 그리 멀지 않았음에도 불구하고 기척도 느낄 수 없었고, 문제는 사라진 쪽은 눈으로 식별하는 것조차 불가능하다는 거다.

어둠에 완전히 동화되어 자신들을 하나둘씩 잡아가던 정체불명의 인물.

'이런 자가 있다는 말은 들어 본 적이 없는데…….'

방금 한 명이 더 사라지며 이제 남은 건 자신까지 포함해서 열 명.

너무 늦게 알아차렸다.

모두가 바짝 긴장한 채로 어두운 주변의 움직임을 경계하고 있을 때였다. 어둠의 저편에서 갑자기 목소리가 들려왔다.

"생각보다 일찍 알아차렸네. 원래대로라면 혼자 남을 때까지 모르게 할 생각이었는데 말이야."

들려온 목소리는 무척이나 젊은 사내의 것이었다.

이런 상황에서도 쾌활하게까지 느껴지는 목소리.

요문원이 검을 쥔 손에 힘을 불어 넣으며 입을 열었다.

"대협은 누구시오? 무슨 원한이 있기에 우리를 공격한 거요?"

적이라고 생각은 하고 있지만 말투는 공손했다.

자신이 알아차리기도 전에 이토록 많은 수하들을 제거한 상대다.

피할 수만 있다면 피해야 할 싸움이다.

하지만 돌아온 건 요문원이 내뱉은 질문에 대한 대답이 아니었다. 어둠 속에서 뻗어져 나온 손이 원을 만든 채로 방비하고 있던 또 다른 누군가를 끌고 사라졌다.

"으엇!"

자신의 옆에 있던 동료가 순식간에 사라지는 걸 본 한 명이 놀란 듯 주저앉았다.

눈으로 확인조차 할 수 없는 어둠 속의 존재를 상대하는 건 보통 이상의 공포심을 가지게 만들어 버렸다. 그 탓에 모두의 얼굴이 새하얗게 질려 가고 있었다.

허나 그건 끝이 아니었다.

스윽.

재차 뻗어져 나온 손이 남아 있는 인원들을 어둠 속으로 한 사람씩 끌고 들어갔다. 요문원은 감각을 최대한 집중시켰다.

'누군진 모르지만 우리를 모두 죽이려 하고 있다.'

이야기를 계속 걸어 본다 한들 아무런 의미가 없다. 애초부터 자신과 이야기를 할 의사가 보이지 않았으니까.

그랬기에 요문원은 수하가 사라지는 걸 눈으로 보면서도 최대한 집중했다.

그렇게 남은 열 명 중에서 여섯 명이 사라질 무렵에야 요문원은 뭔가를 알아낼 수 있었다.

상대는 눈으로 좇을 수가 없다.

그는 어둠 그 자체였으니까.

하지만 아주 짧은 찰나, 어둠 속에서 손이 밀려 나오는 그 순간만큼은 극도로 집중력을 끌어올리자 미세하게나마 움직임을 느낄 수 있었다.

막 그 움직임을 느끼는 순간 또 수하 하나가 어둠 속으로 사라졌다.

요문원은 눈을 지그시 감았다.

하나씩 사라지는 동료들의 모습에 잔뜩 겁을 집어먹은 은월단 무인들은 덜덜 떨고 있었다.

눈에 보이지 않는 존재란 그만큼 두려움을 심어 주고 있었다.

그런 그들과 다르게 요문원은 최대한 침착함을 유지했다.

'움직여라. 움직여.'

손에 쥔 검에 힘을 불어 넣은 채로 주문처럼 속으로 중얼거리던 요문원의 손가락 끝이 움찔했다.

'지금!'

망설일 틈은 없었다.

어둠이 열리는 그 찰나에 요문원의 손에 들린 검이 움직였고, 수하 중 하나를 움켜잡던 어둠 속의 손을 베어 냈다.

파앗!

하지만 뭔가를 벤 요문원의 표정은 좋지 못했다.

분명 베었다.

그렇다면 손이 떨어져 내리거나 피가 쏟아져 나왔어야 했다. 허나 요문원이 벤 뭔가는 검은 연기가 되어 사라졌다.

그 순간 어둠 속의 존재가 입을 열었다.

"오호, 제법이었어. 하지만 아쉽게 됐군. 네가 벤 건 다름 아닌 그림자거든."

'그림자였다고?'

요문원이 그게 무슨 말이냐는 듯이 눈을 치켜뜨는 순간이었다.

어둠 속에서 손이 불쑥 모습을 드러냈다.

새카만 손이 요문원의 입을 틀어막으며 곧바로 땅에 박아 넣었다.

쿠와앙!

굉음과 함께 바닥이 거미줄 모양으로 사방팔방 갈라져 나갔다.

흙과 부서진 돌들이 사방으로 튕겨져 올랐고, 손에 잡혀 땅에 처박혔던 요문원도 그 충격을 고스란히 받은 채로 나뒹굴었다.

그의 새하얀 백의가 단숨에 흙으로 지저분하게 변했다.

땅바닥을 뒹굴던 요문원이 황급히 몸을 일으켜 세웠고, 남아 있는 은월단 무인들이 빠르게 달려와 그런 그를 부축했다.

요문원이 버럭 소리쳤다.

"조심해! 놈이 온다!"

그의 외침에 은월단 무인들 또한 경계심 가득한 눈으로 전방을 응시했다.

지진이 난 것처럼 부서진 주변의 모습과 함께 짙게 펼쳐져 있던 어둠이 밀려 나갔다.

그리고 이내 그 안에서 누군가가 먼저 모습을 드러냈다.

상대의 얼굴을 확인한 요문원의 표정이 일그러졌다.

"너는 분명……."

이름은 모르지만 얼굴은 알고 있다.

처음으로 혁련휘와 마주한 그 날 그의 옆에 있었던 두 명의 수하 중 하나.

어둠 속에서 걸어 나온 건 바로 환야였다.

환야가 이곳에 있다는 게 무엇을 의미하는지 모를 정도로 요문원은 어리석지 않았다. 그가 분하다는 표정으로 물었다.

"설마…… 함정이었나?"

"정답. 너희들이 우리를 놓치지 않게 움직이느라 엄청 고생했다고."

"어째서냐? 어째서 대공자가 나에게 이리 대한단 말이냐!"

"뭐, 그건 직접 물어보시고. 대장이 너와 따로 만나서 할 이야기가 있으시다고 하니, 나머지 놈들부터 정리해야겠네."

말과 함께 환야의 몸이 어둠 속으로 빨려 들어가기 시작했다.

그가 나지막이 중얼거렸다.

"암흑류(暗黑流), 그림자 살인."

환야가 다시금 어둠 속으로 사라졌다.

남은 세 명이 환야의 암흑류라는 무공에 당해 사라지는 건 순식간이었다.

그야말로 속수무책이라는 말밖에 떠오르지 않았다.

물론 요문원 또한 그냥 당하고 있지만은 않았다. 어둠 속에서 몸을 감추고 움직이는 환야를 다시금 몇 차례고 베려고 했지만 연신 환영만을 갈랐다.

그렇게 결국 모든 수하가 사라지고 숲 속에 혼자 남게 된 요문원이었다.

마지막 수하가 사라지자 숲은 침묵에 휩싸였다.

혼자 남게 된 요문원은 여전히 검을 든 채로 주변의 미묘한 움직임 하나하나에 집중했다.

혹여나 모를 자신을 향한 공격에 대비하기 위함이었다.

허나 그런 생각은 쓸모가 없었던 것인지 어둠이 걷히며 그곳에서 환야가 모습을 드러냈다.

환야는 자신을 응시하고 있는 요문원을 향해 손을 휘휘 저어 보였다.

"긴장 풀라고 영감. 그쪽의 목숨은 내 소관이 아니라 건드릴 생각 없으니까."

"……건방지구나."

"이 정도는 건방져도 되지 않나? 그쪽의 스무 명이 넘는 수하들을 정리하는 동안 당신은 내 옷깃 하나 베지 못했잖아."

분했지만 환야의 말은 사실이었다.

절반가량의 수하들이 죽을 때까지는 그의 존재를 알아차리지도 못했고, 존재를 알게 된 이후에도 별다른 반격조차 하지 못했다.

그렇게 두 눈 시퍼렇게 뜨고도 수하들을 모두 잃고 남은 건 이제 달랑 혼자다.

가만히 서 있는 그를 바라보던 환야가 몸을 돌리며 말을 이었다.

"따라와. 대장이 기다리고 있으니까."

몸을 돌리고 걸어가는 환야의 뒷모습을 본 요문원은 순간 움찔했다.

등을 보인 상대, 지금이라면 어떻게 승산이 있지……

"아 참, 나는 뒤통수에도 눈이 달렸으니까 쓸데없는 짓 할 생각은 버리고. 개처럼 끌려가고 싶지 않다면 말이야."

흡사 요문원의 마음을 읽은 것처럼 고개를 돌린 환야가 피식 웃으며 말했다.

그런 환야의 모습에 잠시 피어올랐던 살의가 잦아들었다.

요문원은 앞을 향해 고갯짓을 했다.

"안내나 해라."

"그러지."

고개를 돌린 환야가 앞장서서 걸어 나갔고, 그 뒤를 요문원이 따라 걸었다. 그렇게 둘이 어느 정도 걸어 나갔을 때였다.

커다란 나무들이 즐비해 있고, 그 사이에 있는 커다란 바위에 혁련휘가 앉아 있었다. 그리고 그런 그의 뒤편에는 달치와 단노백이 서서 이들을 기다리는 중이었다.

환야가 요문원을 끌고 나타나자 단노백은 놀란 듯 두 눈을 크게 치켜떴다.

처음부터 네 명이서 요문원과 그의 수하들을 상대한다는 사실에 질색을 했던 그다.

허나 그건 착각이었다.

심지어 넷조차도 아니었다.

고작 한 명.

한 명이 그 모두를 상대하겠다고 나선 것이다.

미쳤다고 생각했다.

승산 없는 짓을 왜 하느냐고 묻고 싶었지만 다른 이도 아닌 대공자의 판단이었기에 그저 말없이 따를 수밖에 없었다.

그런데 그 말도 안 된다 생각했던 일이 현실로 다가와 버렸다.

비실비실해 보이는 환야가 단신으로 그 모두를 쓸어버릴 정도의 고수일 거라고는 상상조차 하지 못했던 것이다.

요문원을 보며 그저 마른침을 삼키던 단노백은 놀란 눈으로 이곳에 모여 있는 이들을 하나씩 살폈다.

대공자 혁련휘와 그 위협적인 자들을 아무런 부상 없이 혼자 처리하고 온 환야. 그리고 전혀 뭔가를 보여 주지 않았지만 이런 둘과 다니는 달치가 평범할 거라는 생각이 들진 않았다.

혁련휘가 다가오는 환야를 향해 슬며시 입을 열었다.

"늦었군."

혁련휘의 말에 단노백은 더욱 기가 찼다.

늦다니? 이토록 짧은 시간 안에 그 많은 자들을 쓰러트리고 온 자에게 할 말은 아닌 듯싶었으니까.

하지만 환야는 단노백과는 생각이 달랐던 모양이다.

그가 순순히 인정했다.

"생각보다 저항이 좀 있어서요. 학관의 학장이라더니 제법 눈썰미가 있더라고요."

말을 마친 환야가 뒤편에 있는 요문원에게로 시선을 돌렸다.

예상대로 혁련휘를 마주하게 된 요문원이 앞으로 걸어 나왔다.

환야의 일격 탓에 더럽혀진 백의를 입고 있는 그가 입을 열었다.

"대공자님! 대체 이게 무슨 짓입니까? 아무리 교주님의 아드님이라 해도 학관의 학장인 저와 수하들을 이렇게 건

드리다니요."

요문원은 곧바로 준비했던 말을 쏟아 냈다.

단노백이 혁련휘와 손을 잡았을 뿐만 아니라 자신을 위협할 뭔가를 받으러 왔다는 사실을 알고 움직였다. 허나 혁련휘가 무엇 때문에 이렇게 구는지는 아직 알지 못했다.

우선은 그걸 알아야 했다.

혁련휘가 입을 열었다.

"환야, 달치."

"예, 대장."

환야가 재빠르게 대답했고, 뒤편에 있던 달치는 그저 물끄러미 혁련휘를 바라봤다. 혁련휘가 그런 둘에게 명령을 내렸다.

"잠시 할 이야기가 있으니 단노백을 데리고 멀리 가 있어."

"알겠습니다."

"달치 간다. 가서 주인 기다린다."

달치가 먼저 쿵쿵거리며 움직이기 시작했고, 그 뒤를 환야가 단노백을 데리고 뒤쫓았다.

모두가 사라질 때까지 혁련휘는 아무런 말도 하지 않았다.

그리고 이내 그들의 기척이 사라졌다 느낄 때쯤이 돼서야 혁련휘가 입을 열었다.

"왜 널 건드렸냐고? 그러는 너야말로 이 늦은 밤에 수하들을 끌고 왜 우리의 뒤를 쫓은 거지?"

"그거야 단노백 때문이지요. 제가 한동안 학관을 비웠을 때부터 그가 뒤에서 일을 꾸몄더군요. 그런데 오늘도 뭔가 수상한 움직임을 보인다는 이야기를 들었고, 이대로 뒀다가는 학관의 질서가 무너질 것 같아서 직접 움직였습니다. 그 안에 대공자님이 계신 건 저도 모르는 일이었습니다."

"아아, 그래서 움직였다?"

"예, 그렇습니다."

"단노백이 네 자리를 뒤흔들 법한 뭔가를 받는다는 말에 반응한 건 아니고?"

"그럴 게 뭐가 있겠습니까. 그저 허튼소리일 뿐입니다."

혁련휘는 여전히 바위에 앉은 채로 앞에 서 있는 요문원을 지그시 바라보고 있었다.

한 치의 흔들림 없는 눈동자로 요문원은 평정심을 지켰다.

혁련휘가 바위에서 몸을 일으켜 세웠다.

그러고는 천천히 요문원을 향해 다가갔다. 숨이 느껴질 정도로 거리를 좁힌 혁련휘가 차가운 목소리로 말했다.

"그럼 어째서냐."

"뭘 말씀하시는 겁니까."

지척까지 다가온 혁련휘의 뜬금없는 물음에 요문원이 이해가 안 간다는 듯 되물었다.

그런 그를 향해 혁련휘가 목소리에 힘을 주며 말을 내뱉었다.

"무엇을 위해…… 내 동생을 죽였느냐 묻는 것이다."

"예?"

"왜? 이것도 허튼소리더냐."

생각지도 못한 말을 들어서인지 여태까지 침착했던 요문원이 처음으로 동요하는 빛을 내비쳤다.

허나 이내 빠르게 정신을 차린 그가 재빠르게 대꾸했다.

"그 무슨 말도 안 되는 소리십니까. 소교주님을 죽이다니요? 전……."

말을 내뱉는 그를 향해 혁련휘가 품에 감춰 뒀던 서책을 하나 꺼냈다.

혁리원이 혁련휘에게 남긴 요문원에 대한 뒷조사와 '그들' 이라는 존재에 대해 적혀 있는 바로 그 서책을 말이다.

혁련휘가 서책을 흔들며 말했다.

"이게 뭔지 알아?"

"제가 그게 무엇인지 알 리가 있겠습니까."

"원이가 남긴 너와 그들이라는 존재에 대한 자료들. 이 안에 전부 담겨 있더군. 아직도 우길 생각 있나? 그렇다면 이번엔 내가 알아본 것들에 대해 말해 주지."

혁련휘는 목소리에 힘을 주며 말했다.

자신이 학관에 몸담고 있는 동안 비파월에 의뢰하여 알아냈던 수많은 정보들. 거기에다 혁리원이 남긴 서책까지 손에 있다.

동생의 죽음에 대한 범인이 요문원이 아닐까 의심하고 있는 게 아니다. 그가 범인이라는 사실은 의심이 아닌 진실이었으니까.

서책의 정체를 알아서일까?

"……큭, 큭큭."

요문원은 갑자기 웃기 시작했다.

그런 그를 바라보며 혁련휘가 표정을 찡그렸다.

"뭐가 그리 우습지?"

"그 서책을 찾으려고 그렇게 뒤졌는데 나오질 않아 어디에 있나 싶었는데…… 그게 대공자님 손에 있었군요."

요문원의 말은 자백이나 다름없었다.

그 또한 혁련휘의 말에서 더는 숨긴다 한들 감출 수 없다는 사실을 눈치챈 것이다.

혁련휘가 물었다.

"인정하는 건가?"

"더 숨겨서 무엇하겠습니까. 어차피 다 알고 오신 걸 텐데 말이지요. 확신이 없었다면 움직이지 않으셨을 거라는 것 정도는 이미 알고 있었습니다."

"그럼 길게 끌지 않고 바로 묻지. 원이가 말한 그들이란 게 누구냐?"

"대공자님, 제가 경고 하나 드리지요."

"경고?"

되묻는 혁련휘를 향해 요문원은 비웃음 가득한 얼굴로 말을 받았다.

"아무것도 하려 하지 말고, 알려고도 하지 마십시오. 그냥 흐르는 대로, 죽은 사람으로 지내셨던 예전처럼 그렇게 사시면 됩니다. 그렇게 사신다면 굳이 대공자를 찾아내서 죽이진 않을 겁니다. 이건 경고이자, 충고입니다."

요문원은 말하고 있었다.

그들이라는 존재에 대해 아무런 궁금증도 가지지 말라고. 그것만이 살길이라고 말이다.

경고의 말을 남기는 요문원을 바라보던 혁련휘가 천천히 입을 열었다.

"내 동생에게도 이런 경고를 했었나?"

"물론이지요. 허나, 그분은 제 경고를 무시했습니다. 소교주님께서는 알려고 했고, 뭔가를 하려고 했습니다. 그리고 그 결과가 어찌 되었는지는…… 대공자님도 잘 아시겠지요. 어찌 될지 답이 뻔하거늘 굳이 동생분과 같은 길을 걸으셔야 할 필요가 있으실는지요?"

요문원은 협박을 하고 있었다.

이쯤에서 멈추고 서로 좋게 마무리 짓자는 식으로 손을 내밀고 있는 것이다.

그렇지만…….

혁련휘가 말했다.

"원이의 대답을 직접 보았으니…… 내 대답 또한 잘 알겠군."

딱히 어쩌겠다 대답한 건 아니었다.

하지만 말하는 어투나 표정으로 혁련휘의 생각을 요문원은 읽을 수 있었다.

이자는 굽힐 생각이 없다.

요문원이 안타깝다는 듯 고개를 가볍게 저었다.

"굳이 소교주님과 마찬가지로 실패할 게 뻔한 길을 가려는 걸 이해할 수가 없군요. 쯧쯧. 당신네들 핏줄은 물러서는 걸 몰라. 그래서 결국…… 비참한 최후를 맞이하게 되겠지."

요문원의 말이 끝나는 바로 그때였다.

주르륵.

요문원의 굳게 닫은 입술 사이로 갑자기 핏줄기가 흘러

내렸다. 입 안 한편에 독단을 숨겨 두고 있었던 것이다.

만약의 일이 벌어지면 어디서든 자결을 하기 위해서 말이다.

혁련휘의 마음을 확인하자 더는 살아서 곤란한 일을 겪기보다는 단번에 죽음을 택한 것이다.

요문원이 말했다.

"대공자, 당신은 죽을 겁니다. 그리고 그때서야 제 충고를 기억하겠지요. 하지만 그때는 이미 늦었습니다. 그들이 당신을 죽일 테니까."

말을 내뱉는 요문원의 얼굴은 독이 퍼지면서 새카맣게 변하고 있었다.

당장이라도 죽을 것처럼 변해 가는 혈색으로도 요문원은 웃었다.

그 순간 혁련휘의 손이 움직였다.

타악 탁!

재빠르게 혈도를 점하자 요문원의 몸이 무너지듯 쓰러졌다.

혈도를 제압당해 꼼짝 못 하는 신세가 된 그가 바닥에 쓰러진 채로 여전히 비웃으며 말했다.

"아무리 손을 써도 살리지 못합니다. 나에게서 뭔가를 더 알아내려고 해 봤자 헛수고란……."

"살릴 생각 없어."

"살리려는 게 아니면 지금 뭐하는 겁니까?"

"내가 원이의 시신 앞에서 약속한 게 하나 있거든."

"……?"

"그 녀석의 죽음에 관련된 놈들에게 원이가 느꼈을 고통의 몇 배 이상을 되갚아 주겠다고."

혁련휘가 바닥에 쓰러져 있는 요문원을 내려다보다 천천히 손가락을 움직였다. 손가락 끝에 걸린 지력이 갑자기 쏘아져 나가며 요문원의 미간을 두드렸다.

그러자 여태까지 웃고 있던 요문원의 얼굴이 부서지듯 꿈틀거렸다.

동시에 참을 수 없는 고통이 전신을 통해 퍼져 나가기 시작했다. 온몸의 뼈마디가 부서지는 고통과 함께, 단전을 시작으로 해서 몸 안의 모든 내공들이 회오리쳤다.

온몸이 터져 나갈 것처럼 팽창되었고, 전신에 있는 모든 털들이 곤두섰다.

고통에 찬 요문원이 비명을 질렀다.

"끄어어억!"

움직이지 못한 채 비명만 질러 대는 그를 내려다보며 혁련휘가 차갑게 말했다.

"멍청하긴. 설마 편하게 죽게 둘 거라 생각한 거야?"

*　　*　　*

혁련휘가 요문원을 처리하기 위해 학관을 비운 늦은 밤, 비설 또한 비밀리에 누군가와 조우하고 있었다. 상대는 바로 환영학관 내부에서 비설을 돕고 있는 간자인 주염기였다.

갑작스러운 연락에 비설은 비밀스럽게 움직였다.

지학당을 감시하고 있는 모종의 인물들이 있다는 걸 알았지만 그들의 눈을 속이는 것 정도는 비설에겐 일도 아니었다.

그렇게 지학당을 빠져나온 비설은 주염기와 마주한 채로 인사를 건넸다.

"이 밤에 무슨 일이세요, 아저씨."

"급히 여쭐 게 있어서 찾아뵈었습니다."

"저한테요?"

"아실지 모르겠지만 최근 들어 학관 수뇌부들의 분위기가 좋지 않습니다. 그런데 오늘 지학당을 지나다 보니 정체 모를 자들이 그곳을 감시하고 있더군요."

"아, 맞아요. 누군지는 모르겠지만 멀리에서 지학당을 감시하고 있더라고요. 그런데 그게 왜요?"

"다름이 아니라…… 부학장과 대공자가 손을 잡았다는 소문 때문입니다. 그 소문이 들려오고 곧바로 지학당에 감시의 눈이 붙었습니다."

그제야 비설은 주염기가 왜 자신을 이 늦은 밤에 불러냈는지 알 수 있었다.

혁련휘에 대해 뭔가 궁금한 게 있는 것이다.

주염기가 조심스레 말을 이었다.

"혹시 최근 들어 대공자에게서 뭔가 알아내신 것 없습니까? 수상한 점이라거나, 누군가를 자주 만난다거나 하는 것 말입니다."

"……."

비설은 침묵했다.

혁련휘는 굳이 비밀이라 생각지 않고 자신에게 동생인 소교주 혁리원이 죽었다는 사실을 말해 줬다. 그렇지만 그건 혁련휘에게나 그렇지 정파의 입장에서는 엄청난 소식이다.

그걸 알았지만 비설은 아직까지 이 일에 대해 상부에 보고하지 않았다.

알고 있다.

이런 중요한 정보라면 주염기를 통해 북천회에게 전달해야만 한다는 것을. 이런 정보를 알고서도 보고하지 않는 건 분명 이상하다는 것도.

알려야 한다 생각을 하면서도 비설은 쉬이 입이 떨어지지 않았다.

왜냐하면 동생 혁리원의 죽음은 혁련휘에겐 아픔이었으니까.

그런 아픔이 담긴 이야기를 자신에게 했고, 그걸 이득을 위해 누군가에게 보고를 해야 한다는 게 내키지 않았다.

침묵이 길어지자 주염기가 말을 걸었다.

"아가씨? 뭐 기억나신 거라도 있으십니까?"

물어 오며 자신을 쳐다보는 주염기의 눈빛.

그 짧은 순간 비설의 머릿속에는 수많은 생각과 고민들이 오갔다.

그리고 이내 그녀가 입을 열었다.

"……아뇨. 아무것도 없어요."

4장. 자미쌍검

— 선물이야

요문원의 처리가 끝이 났다.

그리고 그 말은 곧 학관에서 혁련휘가 해야 할 가장 큰 일이 끝이 났다는 걸 의미했다.

반년이 넘는 시간 동안 찾아 헤맸던 혁리원의 죽음과 관련된 실마리를 마침내 이곳 환영학관에서 찾았고, 또 직접적인 연관이 있는 이들에게 복수도 끝마쳤다.

허나 이건 시작에 불과했을 뿐, 아직 혁련휘가 가야 할 길의 끝은 가늠조차 되지 않았다.

혁련휘가 잠시 바위에 앉아 쉬고 있을 때였다.

시체를 없애고 돌아온 환야가 그에게로 다가왔다.

"고생하셨습니다."

별다른 말은 없지만 혁련휘의 마음이 그리 좋지 않을 거라는 걸 환야는 짐작하고 있었다.

복수를 하긴 했지만 그렇다고 해서 죽은 이가 돌아오는 건 아니다.

하나의 목표를 보고 달려왔거늘, 그곳에 도착한 직후에 밀려드는 순간의 공허함은 사람의 기분을 울적하게 만드는 법이다.

그런 환야의 마음을 알아서일까?

"아직 갈 길이 멀다."

그들이라는 존재에 대해 혁련휘를 통해 전해 들은 환야였기에 그 또한 고개를 끄덕이며 웃어 보였다.

"아무리 멀어도 따르겠습니다, 대장."

"쓸데없는 소리는."

가벼운 핀잔과 함께 혁련휘의 시선이 멀찍이 서 있는 단노백에게로 향했다.

그는 은근슬쩍 눈치를 보며 이러지도 저러지도 못하고 있었다.

얼결에 같은 편이 되어 거사를 치르긴 했지만 단노백은 불안한 상태였다.

요문원의 시체를 눈으로 직접 보았으니 괜한 불똥이 자

신에게도 튀는 건 아닐까 하는 걱정 때문이었다. 그런 단노백을 바라보던 혁련휘가 환야에게 명령을 내렸다.

"데리고 와."

"야! 달치, 그쪽 좀 데리고 와 봐."

환야가 버럭 소리치자 단노백의 인근에 있던 달치가 그에게로 다가갔다.

달치는 단노백이 채 무슨 반응도 하기 전에 두꺼운 손으로 그의 옷깃을 움켜잡고는 번쩍 들어 올렸다. 마치 깃털이라도 되는 것처럼 아무렇지 않게 성인 남자를 한 손으로 든 채 달치가 걸어왔다.

그런 달치에게 들린 단노백의 표정은 잔뜩 굳어 있었다.

혁련휘의 앞에 이르러 달치가 단노백을 내려놓았다. 그가 쭈뼛거리고 있을 때였다.

"단노백."

"예, 예?"

긴장한 얼굴로 단노백이 되물었다.

그런 그에게 혁련휘가 말했다.

"학장 자리가 갑자기 공석이 된 이상 아마 전권은 너에게 갈 거다. 그리고 특별한 일이 없는 이상…… 네가 학장이 되겠지."

"정말입니까?"

"내 힘이 닿는 선까지 도울 생각이다."

"대공자의 은혜에 어찌 감사의 인사를 드려야 할지 모르겠습니다."

목숨을 위협받는 게 아닐까 걱정하던 차에 갑자기 학장 자리까지 도움을 주겠다는 혁련휘의 말에 단노백의 얼굴엔 웃음꽃이 피었다.

그런 그를 향해 혁련휘가 무표정한 얼굴로 말했다.

"고마워할 필요 없어. 네가 학장 자리에 있는 게 내가 조금 더 나아서 그리 두는 것뿐이니까."

"무엇이든 말씀만 하시지요. 어떤 일이든 따르겠습니다."

오랜 숙원이었던 환영학관의 학장 자리가 코앞까지 왔다.

지금 같아서야 무슨 일을 시키더라도 따를 수 있을 것만 같은 기분이다.

그런 단노백을 향해 혁련휘가 명령을 내렸다.

"학장이 갑자기 사라졌으니 한동안 이 일로 학관이 시끄러울 거야. 네 임무는 바로 이 조사가 길어지지 않게 하는 거다. 할 수 있겠지?"

"그럼요. 어떻게든 해내겠습니다."

단노백은 크게 고개를 끄덕였다.

요문원을 굳이 학관 바깥으로 끌어내서 처리한 건 그의 죽음에 대해 당장은 비밀에 부치기 위함이었다.

혁련휘가 신경 쓴 건 요문원의 죽음으로 인해 그들이 움직이는 것이었다. 아무런 것도 알지 못하는 지금 섣부르게 그들에게 자신의 적의를 드러낼 필요는 없었다.

적어도 적의를 드러내기 전에 몇 가지 확인해야 할 것이 있었고, 그러기 위해서는 요문원의 죽음이 당장에 알려져선 안 될 일이었다.

바위에서 일어나며 혁련휘가 경고했다.

"입단속 잘해. 널 그 자리에 앉혀 두긴 했지만 언제라도 끌어내릴 수 있다는 걸 명심하고. 네가 벌였던 악행에 대한 정보가 내 손에 있다는 걸 잊지 마."

"……여부가 있겠습니까."

단노백은 애초에 그의 말을 거역할 생각이 없었다.

혁련휘가 도와주지 않는다면 그는 학장의 자리에 오를 수 없다.

거기다 치명적인 치부까지 쥐고 있는 혁련휘에게 어찌 밉보이려 하겠는가.

확답까지 들은 혁련휘가 가볍게 손짓했다.

"가 봐."

"예, 대공자님. 그럼 학관에서 뵙겠습니다."

포권을 취해 보인 단노백은 곧바로 환영학관이 있는 방향으로 움직였다.

멀어져 가는 그의 뒷모습을 한참을 바라보던 환야가 슬그머니 물었다.

“이제 어쩌실 생각이십니까?”

“뭘?”

“이곳에서 할 일이 더 남아 있으신가 해서요.”

환야의 말대로다.

요문원이 죽은 지금 이곳에 남아서 더 해야 할 일은 존재하지 않았다.

거기다 또 다음 목적지로 서둘러 가서 확인해야 할 게 있었다.

침묵하던 혁련휘가 천천히 입을 열었다.

“……떠나야겠지.”

말을 내뱉는 혁련휘의 목소리에는 알 수 없는 여운이 감돌았다.

애초부터 학관 같은 곳에서 누군가와 어울려 지내는 것이 맞지 않던 혁련휘다. 그랬기에 이곳을 하루라도 빨리 떠나고 싶어 하기도 했었다.

혁련휘는 가슴 한편에 있는 이 묘한 아쉬움의 정체를 알고 있었다.

학관에서 떠난다는 것, 그것은 곧 비설과의 헤어짐을 의미했으니까.

처음엔 정말 귀찮은 짐이라고 생각했다.

남장을 하고 학관에 들어와서는 이것저것 도움을 요청하곤 했으니까. 왠지 혁리원과 닮은 비설의 행동들 때문에 자신도 모르게 그녀를 도와주곤 했던 것도 사실이다.

그런데 언제부터였을까?

짐이라고만 생각했던 비설에게서 하나씩 도움을 받기 시작한 것이.

최근에 있었던 흑거미의 일도 그랬고, 결정적으로 동생의 죽음과 그들이라는 존재에 대해 알게 해 준 서책을 알아내게 된 계기도 비설의 도움이 있었기에 가능했다.

잠시 상념에 잠겨 있던 혁련휘를 향해 환야가 물었다.

"다음 목적지는 정하셨습니까?"

"정했어."

"그게 어딥니까?"

환야의 질문에 혁련휘가 하늘을 올려다봤다. 나무들 틈으로 쏟아져 들어오는 별빛을 응시하던 혁련휘가 슬그머니 입을 열었다.

"마교."

혁련휘의 그 한마디에 환야의 눈동자에 이채가 일었다.

마교로 돌아간다는 건 제대로 된 전면전을 시작하겠다는 의미였다. 칠대천이 있고, 장막에 가려져 있는 그들의 손길이 닿아 있을 게 분명한 장소가 바로 마교였으니까.

혁리원의 죽음 때문에 잠시 들렀던 적이 있긴 했지만 그건 비밀스러운 잠입이었다.

허나 이번엔 잠입이 아니다.

대공자로서 정식으로 마교에 돌아가겠다는 뜻이었다. 무려 십수 년 만의 귀환. 그것이 가지는 의미는 특별했다.

환야가 다시금 물었다.

"언제쯤 떠나실 생각이십니까?"

"이쪽 일이 정리되는 대로 가지. 마무리 지어야 할 일도 하나 있고."

"마무리 지어야 할 일이라면……?"

질문을 하는 환야의 말에는 아랑곳하지 않고 혁련휘는 문득 뭔가가 생각났는지 물었다.

"자하도에서 가지고 나왔던 것들이 여기 있었나?"

"아, 예. 그렇죠."

혁련휘는 곧바로 고개를 들어 하늘을 향해 소리쳤다.

"흑풍!"

자신을 부르는 소리에 밤하늘을 수놓고 있던 흑풍이 나무들 사이로 재빠르게 떨어져 내렸다.

펄럭.

날개를 크게 흔들며 속도를 줄인 흑풍이 혁련휘의 어깨

에 앉았다. 그 틈에 혁련휘는 자그마한 종이와 붓을 넣고 다니는 주머니인 필낭을 품 안에서 꺼내어 들었다.

필낭에서 붓을 꺼낸 그가 종이에 뭔가를 적기 시작했다.

그러고는 이내 다 적은 종이를 몇 겹이고 접어 흑풍의 발목에 매달았다.

모든 작업을 끝마친 혁련휘가 흑풍을 향해 말했다.

"이 서찰을 비설에게 부탁해. 알겠지?"

"끼이익."

흑풍이 짧게 대답하고는 곧바로 하늘로 날아올랐다. 하늘로 솟구친 흑풍이 빠르게 모습을 감췄고, 그걸 확인한 혁련휘가 아까 전에 단노백이 사라졌던 곳과는 반대 방향으로 걸음을 옮겼다.

그런 그의 움직임에 환야가 황급히 말했다.

"대장! 그쪽은 학관이랑 반대 방향인데요?"

"알아."

"이 늦은 밤에 그럼 어딜 가시려고요?"

"비림원(秘林院)에 잠시 다녀와야겠군."

"비림원에요?"

비림원은 환영학관이 있는 성도에서 한 시진 반가량 떨어진 곳에 위치한 마을에 있는 장원이다. 그리고 그곳은 오래전 이곳 환영학관에 혁리원이 있을 때 그를 만나기 위해 지내던 거처의 이름이다.

아주 오랫동안 비워 둔 거처로 돌아간다는 혁련휘의 말에 환야가 의문스러운 표정을 지었다.

그렇지만 그와 달리 달치는 신이 난다는 듯 껑충거렸다.

"비림원 간다! 달치 집에 간다!"

자하도에서 나와 처음으로 제대로 살았던 곳이 바로 비림원이었다. 그랬기에 달치는 그곳을 집이라 불렀고, 종종 비림원으로 가고 싶다고 투덜거리기도 했었다.

달치는 당장에 따라가겠다는 듯 혁련휘에게 따라붙었다.

혁련휘가 고개를 힐끔 돌려 환야에게 말했다.

"넌 따라올 거야 말 거야?"

빨리 정하라는 듯한 혁련휘의 말투에 환야가 한숨을 푹 내쉬었다.

지금 시간에 비림원을 다녀온다면 밤을 꼬박 새워야 한다는 이야기인데…… 하지만 결국 환야 또한 혁련휘에게 다가왔다.

신이 나서 방방 뛰는 달치의 옆에 선 환야가 말했다.

"대장이 가신다는데 별수 있습니까. 저도 가야죠 뭐."

* * *

비설은 빠르게 경공을 펼치며 달려가고 있었다. 처음 와 보는 길이었지만 비설은 전혀 망설임 없이 목적지를 향할 수 있었다.

지금 그녀가 향하는 곳은 비림원이었다.

한 번도 가 본 적 없는 마을에 있는 장원이었지만 비설이 이토록 길을 헤매지 않는 건 다름 아닌 흑풍 덕분이었다.

흑풍은 하늘에서 길잡이 노릇을 톡톡히 해 주고 있었다.

새벽 갑자기 날아온 혁련휘의 연락.

막 주염기와의 만남을 끝마치고 침상에 누웠던 비설은 방 안으로 들어온 흑풍을 발견하고는 자리에서 벌떡 일어났다.

평소에 자신을 피하기만 하던 흑풍이 다가오자 비설은 신이 나서 다가갔는데, 알고 보니 발목에 묶인 서찰을 전달하기 위함이었다.

서찰은 별다른 내용이 없었다.

그저 지금 당장 비림원으로 오라는 말과 함께 흑풍을 쫓아오면 될 거라는 게 내용의 전부였다.

비설은 달리면서 투덜거렸다.

"무슨 일로 부르시는 건지 적어 두시면 얼마나 좋아."

아무런 내용도 없으니 혹시나 무슨 일이 있는 건가 하는 걱정이 드는 건 어쩔 수 없었다.

주염기에게 들었던 것처럼 학관 내부에 뭔가 심상치 않은 분위기가 감도는 상황이라는 걸 알고 있는 그녀다.

혹여나 그 일로 혁련휘가 뭔가 곤란해진 건 아닌가 하는 걱정까지 들고 있었다.

걱정이 깊어질수록 비설의 발걸음은 빨라질 수밖에 없었다.

흑풍의 안내를 받으며 빠르게 움직이던 비설이 마침내 목적지인 비림원의 입구에 도달했다. 인근 나무에 걸터앉은 흑풍을 본 비설이 손을 들어 고마움을 표했다.

"고마워!"

자신을 향해 웃으며 손을 흔들어 대는 비설을 흑풍은 나무 위에서 그저 물끄러미 내려다만 보았다.

짧은 인사를 건넨 비설의 시선은 곧 비림원의 입구로 향했다.

장원은 꽤나 컸다.

담은 끝이 보이지 않을 정도로 길게 늘어져 있었고, 입구 또한 거대했다.

비설은 비림원이라 적힌 현판에 잠시 시선을 두었다가 이내 문으로 다가갔다.

탕탕.

비설이 손잡이로 문을 두드렸을 때였다.

끼이익.

문이 열리며 익숙한 얼굴의 환야가 고개를 불쑥 내밀었다. 그가 비설을 발견하고는 입을 열었다.

“여, 왔냐?”

“아저씨, 괜찮으세요?”

“뜬금없이 뭔 소리래. 당연히 괜찮지. 뭐 안 괜찮을 일이라도 있냐?”

걱정스럽게 위아래를 훑어보는 비설의 행동에 환야가 뭐하냐는 듯 되물었다. 너무나 멀쩡해 보이는 겉모습과 태연한 말투에 비설은 그제야 한결 마음을 놓을 수 있었다.

“무슨 일인지도 안 적으시고 그냥 당장 이곳으로 오라고 하시니까 걱정했잖아요.”

“쓸데없는 걱정은.”

“그런데 여기는 어디래요?”

비림원을 바라보며 비설이 물었다.

한눈에 봐도 보통 사람이 기거하는 장원은 아닌 듯싶었다.

돈깨나 있는 부자라고 해도 부담스러울 정도의 크기를 자랑했으니까.

그런 비설의 질문에 환야가 심드렁하니 대답했다.

“우리 집인데.”

“이, 이렇게 큰 곳이요?”

"뭘 그렇게 놀라고 그래. 예전에 잠깐 지내던 곳이야. 지금은 뭐 그냥 짐 쌓아 두는 창고라고 할까나?"

이런 커다란 장원을 창고로 쓰고 있다는 말에 비설은 믿을 수 없다는 듯 고개를 저었다.

문 안쪽에 있던 환야가 손짓했다.

"뭐해, 어서 들어와."

비설은 고개를 끄덕이고는 비림원 안으로 걸어 들어왔다. 안에서 본 장원의 모습은 더욱 장관이었다. 여러 채의 집들과, 커다란 연못까지.

내부의 모습을 보자 이런 곳을 창고로 쓴다는 말이 더욱 기가 찼다.

멍하니 주변을 두리번거리던 비설이 이내 정신을 추스르고는 물었다.

"그런데 형님이 절 왜 이곳으로 부르신 거래요?"

"직접 가서 물어봐. 저기 계시니까."

환야가 가리킨 곳은 입구에서 그리 멀리 떨어지지 않은 곳에 위치한 건물이었다. 비설은 알겠다는 듯 고개를 끄덕이고는 환야가 가리킨 건물을 향해 걸어갔다.

건물 입구에 있는 커다란 돌계단을 밟고 올라서자 커다란 문이 앞을 막아섰다.

비설이 천천히 문에 손을 가져다 댔다.

그녀가 문을 밀면서 안으로 걸어 들어갔다. 아직 바깥은 어두컴컴했지만 방 안은 영롱한 불빛을 머금은 등불들로 가득했다.

덕분에 내공을 끌어 올리지 않고도 방 안 곳곳의 모습이 보였는데, 가장 먼저 눈에 들어온 것은 입구와 정면으로 위치한 곳에 있는 커다란 불상이었다.

성인 장정보다 더 커다란 불상은 황금색 빛을 토해 내고 있었다.

한눈에 봐도 값비싸 보이는 불상. 하지만 비설의 시선을 잡아끈 건 그 불상이 아니었다.

앞으로 내민 불상의 양 손바닥 위에 올려져 있는 자색의 검.

비설은 홀린 듯이 그 검을 바라볼 수밖에 없었다. 자색의 검은 무척이나 신기한 모양을 하고 있었다.

하나의 자색 검집.

그런데 신기하게도 그 검집의 양쪽으로 검의 손잡이가 달려 있었다.

만져 본 것도, 검집에 있는 검을 뽑아 든 것도 아니다.

허나 멀리서 보았음에도 불구하고 비설은 저것이 보통의 무기가 아니라는 걸 직감할 수 있었다.

그만큼 자색의 검은 말로 표현하기 힘든 마력을 뿜어 대고 있었으니까.

그때였다.

옆에서 혁련휘의 목소리가 들려왔다.

"자미쌍검(紫微雙劍)."

"네?"

"네가 넋을 놓고 보고 있는 저 검의 이름이 자미쌍검이라고."

"아……."

자미쌍검이라는 이름을 처음 들어보는 비설은 그냥 그렇구나 하고 고개를 끄덕였다.

하지만 이건 그 정도로 고개를 끄덕이고 말 문제가 아니었다. 자미쌍검은 혁련휘의 무기인 파멸혼과 마찬가지로 고대 오대신병 중 하나로 불리는 전설의 무기였으니까.

혁련휘가 천천히 불상을 향해 다가갔다.

그러고는 불상의 손에 있는 자미쌍검을 들어 올렸다.

그 순간 혁련휘가 자미쌍검을 비설을 향해 휙 하고 던졌다.

엉겁결에 자미쌍검을 받아 든 비설이 그를 바라볼 때였다.

혁련휘가 입을 열었다.

"선물이야."

5장. 이어지는 인연

— 형님

비설은 당황했다.

늦은 새벽에 자신을 이곳 비림원이라는 곳으로 불러낸 혁련휘다.

무슨 일이 생긴 건 아닐까 걱정스러운 마음으로 한걸음에 달려왔거늘, 다행히도 별다른 일은 없는 것 같았다.

그걸 보고 내심 다행이라 여기면서도 왜 자신을 이곳에 부른 걸까 고민했던 비설이다.

그런데 갑자기 이런 선물이라니…….

자미쌍검이 고대 오대신병의 하나라는 건 알지 못하는 비설이지만, 보고 만져 본 것만으로도 이것이 얼마나 대단한 무기인지 느낄 수 있었다.

손에 들린 자미쌍검이 손바닥에 착 감겨 왔다.

실력이 좋은 무인일수록 뛰어난 무기를 알아본다. 반대로 무기 또한 마찬가지다. 정말 훌륭한 신병이기는 주인을 알아본다고 했다.

그리고 그건 지금의 자미쌍검도 마찬가지였다.

우웅.

검이 울고 있었다.

귀에 들리는 소리가 아니다.

비설의 마음으로 자미쌍검의 검명(劍鳴)이 밀려들고 있는 것이다.

비설이 중얼거렸다.

"형님, 검이…… 울고 있어요."

그 한마디에 혁련휘의 표정에 이채가 감돌았다.

비설의 실력이 뛰어나다는 건 알고 있지만, 자미쌍검이 곧바로 주인으로 여길 정도라는 건 놀라울 수밖에 없었다.

혁련휘가 짧게 말했다.

"제법이구나. 자미쌍검은 꽤나 자존심이 강한 녀석인데. 아무래도 그 녀석은 벌써 네가 마음에 들었나 보군."

혁련휘의 말을 들으며 비설은 자신의 손에 들린 자미쌍검에 시선이 틀어박혀 있었다. 그녀의 손이 천천히 검 손잡이를 잡았다.

그리고…….

스르릉.

자미쌍검이 세상 바깥으로 그 모습을 드러내고 있었다.

비설은 모습을 드러낸 검신에 멍하니 시선을 빼앗기고야 말았다.

검신은 주변의 모든 것이 비춰 보일 정도로 반짝였고, 영롱한 빛과 함께 치명적인 매력을 뿜어내고 있었다.

신기한 것은 새하얀 검신이 이상할 정도로 자색빛을 머금고 있다는 거였다. 보통의 철이 아닌 특별한 재질로 만들어진 검이 분명했다.

무인에게 보검이란 그 무엇과도 비견할 수 없는 물건이다.

종이 한 장 차이로 생과 사가 오가는 무인들의 세계에서 좋은 무기란 그 어떠한 보물보다 커다란 가치를 지녔다.

비설은 정신이 팔린 채로 검의 이름을 중얼거렸다.

"자미쌍검……."

자색의 검집과 검신, 그런 검에 너무나 어울리는 이름이었다.

자색빛이 감도는 검신을 바라보던 비설을 향해 혁련휘가 말을 걸었다.

"맘에 들어?"

뭐 그리 당연한 걸 묻냐는 듯이 비설이 크게 고개를 끄덕이며 대답했다.

"물론이죠, 형님. 그런데 이거 보통 검이 아닌 것 같은데 저한테 이렇게 막 주셔도 되는 겁니까?"

"어차피 가지고 있어 봤자 쓸 데도 없거든. 그리고…… 너한테 신세 진 것도 있으니까."

"신세요?"

"저번 흑거미 일도 그렇고, 이번 동생 건도 그렇고."

혁련휘가 혁리원의 일에 대해 조사를 하는 데 있어, 가장 큰 도움이 되어 준 건 비설이었다. 그녀가 있었기에 흑거미의 본거지를 알아낼 수 있었고, 동생이 남겼던 마지막 서책도 찾아내게 됐다.

비설이 없었다면…… 혁리원이 남겼던 마지막 한마디, 자신을 향해 미안하다는 말을 남긴 그 서책을 발견하지 못했을지도 모른다.

마지막이 다가오면서도 자신만을 바라보았던 동생의 마음.

그 마음을 알아주지 못했다면 혁리원은 아마 죽어서도 편히 눈감지 못했으리라.

고대 오대신병의 하나로 불렸을 정도로 뛰어난 쌍검이었

지만 혁련휘에겐 혁리원의 그 한마디보다 중요치 않았다.

비설이 혁련휘를 향해 웃으며 말했다.

"그거야 형님이 절 도와주셨으니까 은혜 갚은 거죠. 딱히 보상을 바라고 한 건 아닌데……."

"그래서 됐다고?"

"에이! 사람이 왜 그렇게 급해요."

필요 없으면 달라는 듯 다가오는 혁련휘를 한 손으로 저지하며 비설이 뺏기지 않겠다는 듯이 황급히 자미쌍검을 허리춤에 걸었다.

그러고는 자신의 허리에 찬 자미쌍검을 어깨 너머로 힐끔거리며 미소를 머금었다.

허리에 달려 있는 자색 검집이 무척이나 맘에 들었다.

혁련휘는 팔짱을 낀 채로 말없이 비설을 보고만 있었다.

그녀가 계속해서 웃고만 있자 혁련휘가 말했다.

"그렇게 좋으면서 뭘 필요 없는 것처럼 굴어."

"설마 그렇게 바로 뺏어 가시려고 할 줄은 몰랐죠. 하여튼 성격 급한 거 알아드려야 한다니까. 그보다 어때요? 잘 어울리죠?"

몸을 한 바퀴 빙그르 돌려 허리춤에 단 자미쌍검을 보여주며 비설이 들뜬 목소리로 물었다.

자신에게 받은 선물을 흡사 자랑하듯 내보이며 비설은

환하게 웃고 있었다. 그런 그녀를 향해 혁련휘가 슬그머니 입을 열었다.

"그럭저럭."

말을 마친 혁련휘는 여전히 자미쌍검을 응시한 채로 행복한 듯이 웃고 있는 그녀를 바라만 보고 있었다.

혁련휘의 입술이 머뭇거렸다.

지금 해야 할 이야기가 있었다.

그 사실을 아는데…… 이상하게 쉬이 입이 떨어지지 않는다.

혁련휘가 그렇게 서 있을 때였다.

그런 그의 마음도 모르고 비설이 자미쌍검을 가리키며 물었다.

"이런 장원도 가지고 계시고, 엄청 비싼 금창약도 아무렇지 않게 쓰시는 형님이 주신 선물인데 이건 얼마나 하는 무기예요? 금화 백 냥은 거뜬히 넘어 보이는데요?"

비설 딴에는 최대한 가격을 고민해 보면서 물어 온 것이지만 듣는 혁련휘 입장에선 기가 찼다.

금화 백 냥이라니? 물론 금화 백 냥은 무기를 사는 데 쓰기엔 엄청나게 큰돈이 분명하다. 그렇지만 그것이 자미쌍검이라면 이야기가 달라진다.

금화 십만 냥, 아니 백만 냥을 줘도 살 수 없는 물건이다.

한마디로 값을 환산할 수 없을 정도의 가치를 지녔다는 소리다.

혁련휘가 짧게 대꾸했다.

“그것보단 훨씬 비싸.”

“와. 정말요? 그럼 한 이백 냥쯤 하나 보네. 너 생각보다 비싼 녀석이구나?”

맘에 든다는 듯 자미쌍검의 검집을 탁탁 두드리는 비설을 보며 혁련휘는 고개를 작게 저었다. 이게 얼마나 값어치가 있는 물건인지 굳이 설명할 생각은 없었으니까.

그런 혁련휘의 속내도 모르고 비설이 말을 이어 나갔다.

“형님, 이런 선물까지 주셔서…….”

“비설.”

더는 안 되겠는지 혁련휘가 땅을 향해 시선을 고정한 채로 말을 잘랐다.

비설은 자신을 부르는 그의 목소리에 눈을 동그랗게 뜬 채로 바라봤다. 그런 그녀를 바라보던 혁련휘가 잠시 침묵하다 결국 말을 꺼냈다.

“할 말이 있는데.”

“뭔데요? 이거 뺏어 가겠다는 말만 아니면 뭐든 하세요.”

비설이 장난스럽게 말하며 웃고 있을 때였다.

혁련휘가 입을 열었다.

"난 이제 학관을 떠날 거다."

"……네?"

웃고 있던 비설의 얼굴이 굳었다. 얼굴에는 억지로 짓는 것이 확연하게 느껴지는 어색한 미소가 감돌고 있었다.

그런 그녀를 향해 혁련휘가 고개를 들었다.

비설의 눈동자를 혁련휘는 똑바로 바라봤다.

두 사람의 시선이 계속해서 서로를 향해 얽혀 들어갔다.

혁련휘가 그녀를 응시하며 말을 이어 갔다.

"이곳에서 해야 할 일을 다 끝냈거든. 이제 마교로 가서 그곳에 있는 놈들을 상대해야지."

"……."

비설은 침묵한 채로 이야기를 듣고만 있었다.

충격적인 일은 아니었다.

애초에 이런 날이 올 거라 생각했으니까.

환영학관에 있을 이유가 없는 혁련휘가 이곳에 있었다. 그 말은 곧 할 일을 끝마치면 학관을 떠날 거라는 걸 의미했다.

그 사실을 몰랐던 게 아닌데…… 왜일까? 왜 이렇게 가슴이 답답하고, 하늘이 무너져 내린 듯한 감정이 밀려오는지 모르겠다.

멍하니 서서 아무런 말도 하지 못하는 비설을 바라보던

혁련휘가 입술을 지그시 깨물었다.

감정 표현이 적어서이지 혁련휘 또한 비설과 헤어져야 한다는 사실에 갑갑함이 밀려들었으니까.

하지만 그렇다고 해서 함께할 순 없다.

지금까지야 학관에서 뭔가를 할 게 있다는 공통적인 목적이 있었기에 함께하는 게 가능했다.

허나 이제는 아니다.

혁련휘는 마교로 돌아가 혁리원의 죽음과 관련된 그들을 뿌리 뽑아야 했고, 비설은 또 그녀 나름의 뭔가를 해야만 하는 사실을 알고 있으니까.

혁련휘는 비설의 정확한 목적을 모른다.

왜 환영학관에 남장을 하면서까지 들어왔어야 하는지, 그렇게까지 해서 지금 무슨 일을 벌이고 있는지도.

그러나 하나 확실히 알고 있는 건 있다. 비설에겐 무엇인가 분명한 목적이 있고, 그걸 위해 학관에 들어왔다는 거다.

알면서도 신경 쓰지 않았고, 그게 뭐냐고 캐묻지 않았다.

자신의 방해만 되지 않는다면 상관없었으니까.

그러나 비설은 생각과는 다르게 오히려 혁련휘에게 큰 힘이 되어 줬었다.

비설은 뛰어났다.

아직까지도 그 실력을 다 가늠하지 못했을 정도로 말이다.

그랬기에 짐작할 수 있었다. 그녀는 무척이나 중요한 임무를 가지고 있을 거라는 걸. 그런 비설이었기에 혁련휘는 잡지 않았다.

서로 보는 곳이 다르다.

그런 상황에 어찌 둘이 함께할 수 있으랴.

혁련휘는 아직까지도 아무런 말도 못 하고 그저 어색한 미소만 지으며 입술을 깨무는 비설을 바라보다 자신도 모르게 한 걸음 그녀를 향해 다가갔다.

비설이 다가오는 혁련휘를 바라볼 때였다.

거리를 좁힌 혁련휘가 갑자기 손을 뻗었다. 혁련휘는 자신의 손을 비설의 머리에 올렸다.

갑작스러운 그의 행동에 비설이 놀란 듯 굳어 있을 때였다.

혁련휘가 비설의 머리를 가볍게 쓰다듬었다.

그의 체온이, 손바닥을 타고 전해 들어왔다.

동시에 비설의 마음이 흔들렸다.

그런 그녀를 향해 혁련휘가 힘겹게 말을 이었다.

"얼결에 생긴 동생이었지만…… 썩 나쁘진 않았다."

"……형님."

"넌 따로 할 게 있잖아. 이런 상황이니 이제 슬슬 서로의 길을 갈 때가 됐다 생각한다."

혁련휘의 손이 천천히 비설의 머리에서 떨어졌다.

손을 뗀 혁련휘의 얼굴은 어느 때보다 더 차갑게 변해 있었다.

끊어야 할 인연이다.

거기다 자신과 연관이 있다는 게 비설에게 해가 되면 해가 됐지, 결코 득이 되지는 않을 거라는 걸 혁련휘는 알고 있었다.

동생 원이를 죽인 그자들이라면 분명 자신과 연관이 있는 자들을 약점으로 삼으려 들지 모른다. 그런 와중에 괜스레 비설과의 연을 남겨 둔다면 그들의 표적이 될 수도 있다.

옆에서 지켜 줄 수 없는 이상…… 오히려 없는 인연으로 만들어야만 했다.

비설의 실력이 제아무리 대단하다 한들, 마교 소교주를 아무렇지 않게 죽이는 그들의 표적이 된다면 어떤 일을 당할지 장담할 수 없다.

떠나야 하는 자신이 그녀를 지켜 주기 위해 할 수 있는 최선의 선택.

그건 비설과 자신의 인연을 완전히 끊어 내는 것뿐이다.

혁련휘가 딱 잘라 말했다.

"그러니 우리의 인연은 여기까지."

매몰찬 그 한마디에 비설은 심장이 뚝 하고 떨어지는 느낌을 받았다.

뭔가 유쾌한 말로 지금의 이 분위기를 바꾸고 싶은데, 이 어색한 상황을 나아지게 하고 싶은데…… 입이 떨어지질 않는다.

그런 그녀를 바라보던 혁련휘가 천천히 걸음을 옮겼다.

비설을 지나쳐 가며 혁련휘가 작게 중얼거렸다.

“자기 전에 만두 너무 많이 먹지 말고. 건강에 안 좋아.”

그 말과 함께 혁련휘는 방을 빠져나가더니 이내 모습을 감춰 버렸다.

그리고 갑작스러운 헤어짐을 통보받은 비설은 여전히 정신을 차리지 못한 채로 멍하니 서서 앞만 바라보고 있었다.

긴 침묵을 이어 가던 비설의 입이 열렸다.

“하, 하하.”

어색한 웃음을 터트리며 비설은 억지로 웃어 보였다. 그녀는 괜찮다는 듯 오히려 양손을 크게 흔들어 보이며 감정을 추스르려 했다.

그런데…….

툭.

갑자기 볼을 타고 흘러내린 눈물 한 방울이 바닥을 적셨다.

자신도 생각하지 못한 상황에 비설은 당황한 듯 황급히 고개를 숙였다.

그녀는 눈물이 그렁그렁한 눈으로 중얼거렸다.

"아이 씨, 바보같이 갑자기 왜 이러지."

비설은 속으로 연신 주문을 외웠다.

괜찮다, 괜찮다. 나는 괜찮다.

하지만 그런 그녀의 주문을 비웃기라도 하는 듯이 눈에서는 연신 눈물이 방울져 떨어져 내렸다.

비설은 소매로 흘러내리는 눈물을 닦아 냈다.

생각도 하지 못했다. 혁련휘와의 이별이 이렇게 슬플 거라고는.

새벽녘이 되어 가며 서서히 창밖으로 빛이 밀려들어 오고 있었거늘, 비설은 아직도 어둠 속에 있었다.

*　　*　　*

모든 일을 끝마친 혁련휘는 학관으로 돌아왔다. 학관으로 돌아온 혁련휘는 이내 빠르게 움직였다. 아직 학관 내부에서 해야 할 일이 있었다.

가장 먼저 한 것은 부학장인 단노백과의 만남이었다.

단노백을 만난 혁련휘는 앞으로의 일정과 관련한 몇 가

지 부탁을 했다.

대충 해야 할 이야기를 끝낸 혁련휘가 단노백을 향해 말했다.

"이틀 후에 학관을 떠날 예정이니 그 전까지 내가 부탁한 건 다 준비해 뒀으면 좋겠군."

"예, 그러지요. 학관을 떠나시면 마교로 돌아가실 계획이십니까?"

단노백의 질문에 혁련휘는 고개를 끄덕였다.

숨길 생각은 없었다.

아니, 오히려 모두가 알게끔 최대한 요란하고 화려하게 돌아갈 생각이다.

혁련휘가 마교로 간다는 말에 단노백은 내심 안도의 한숨을 내쉬었다.

잠깐 함께 행동하긴 했지만 둘 사이가 가까운 건 아니다.

혁련휘가 학관에 남아 있었다면 계속해서 신경 쓰였을 텐데 그가 직접 이곳을 떠나 준다고 하니 양팔을 벌려 환영하고 싶은 심정이었다.

그런 단노백을 향해 혁련휘가 말했다.

"그리고 전에 말했던 것 기억하나?"

"아, 학장에 관련된 당부 말씀이십니까? 당연히 기억하지요."

혁련휘는 단노백에게 요문원의 죽음에 관련한 조사를 최대한 빠르게 끝내게끔 하라 명을 내렸었다. 그들이라는 자들에게 이번 죽음에 대해 자세한 정보가 가는 건 원치 않아서다.

혁련휘에게 약점을 잡혀 있는 단노백이다.

약속을 어길 거라 생각지는 않았지만 그래도 잊지 않게끔 혁련휘는 재차 당부했다.

"네 목숨, 내가 쥐고 있다는 걸 잊지 말고."

"여부가 있겠습니까."

"좋아, 그것만 잘 지킨다면 나 또한 널 건드릴 이유는 없으니까."

믿음 따윈 없다.

하지만 서로 이번 일을 통해 얻을 게 있으니 둘은 배신할 이유가 없었다.

믿음이 없는 이상 확실한 이득이 있는지 여부를 확인하고, 그에 따라 움직인다.

그런 면에서 단노백은 이용할 만한 자였다.

혁련휘가 자리에서 일어났다. 필요한 이야기를 끝낸 지금 더는 그와 함께할 이유가 없었으니까.

막 자리에서 일어난 혁련휘와, 그런 그를 마중하려는 듯 단노백 또한 몸을 일으켰을 때다. 혁련휘가 갑자기 몸을 돌려 그를 바라봤다.

차가운 혁련휘의 눈동자와 마주한 단노백은 움찔하고는 어색하니 웃었다. 그런 그를 향해 혁련휘가 천천히 입을 열었다.

"이 말을 깜박했군."

뭔가 할 말이 있다는 혁련휘의 모습에 단노백이 긴장하고 있을 때였다. 혁련휘가 말을 이었다.

"이곳은 내 동생의 꿈이 있던 곳이다. 그 녀석은 이곳에서 새로운 무림을 꿈꿨지."

"아……."

"이 학관 잘 만들어 봐. 할 말은 그뿐이다."

말을 마친 혁련휘는 포권을 취하며 예를 갖추는 단노백을 뒤로하고는 곧바로 환야와 달치가 머무는 곳으로 향했다.

얼마 지나지 않아 도착한 그곳에는 둘뿐만이 아니라 부의민까지 자리하고 있었다.

의자에 앉아 있던 부의민은 혁련휘가 들어오자 벌떡 자리에서 일어났다.

부의민 또한 사전에 혁련휘가 요문원을 치려고 한다는 사실을 알고 있었다.

그랬기에 점호 시간에도 상부에 거짓 보고를 해서 혁련

휘가 학관 내부에 있는 것처럼 속여 주기도 했던 그다.

부의민이 빠르게 물었다.

"이야기는 들었는데 우리 정말로 학관을 떠나는 거야?"

"뭘 그렇게 놀라고 그래. 여기서 할 일이 끝났으니 떠나는 건 당연하지."

"아니, 그거야 알지만 너무 갑작스러워서……."

"갑작스러울 거 없어. 네 사직서도 직접 단노백을 통해 말해 뒀으니 따로 할 건 없을 거다."

자신에게 일언반구 말도 없이 사직서를 제출했다는 말에 부의민이 어처구니없다는 듯이 중얼거렸다.

"거참, 한순간에 실업자가 되어 버렸네."

"왜? 여기 생활이 좋았나?"

"편했잖아. 앉아서 시간만 때워도 꼬박꼬박 일당도 나오고. 그에 비해서 네가 시키는 일은…… 으으, 생각만 해도 끔찍하네. 내가 왜 널 따르겠다고 해서 이렇게 귀찮은 일들에 파묻히게 됐는지 나도 모르겠다."

귀찮은 일을 하게 됐다며 투덜거리긴 했지만 그건 부의민의 진심이 아니었다.

오히려 그의 얼굴엔 활기가 가득했으니까.

혁련휘가 부의민에게 일정을 알렸다.

"이틀 후에 떠날 거야. 그러니 너도 그 전까지 정리할 건

다 정리해 둬."

"정리할 게 뭐 있나. 그냥 옷이나 좀 챙겨서 가면 되지. 그나저나 짐은 또 언제 싼데."

귀찮다는 듯이 중얼거리던 부의민은 이내 퍼뜩 생각났다는 듯이 물었다.

"아, 그럼 비설은? 비설도 같이 가는 거지?"

그런 그의 질문에 혁련휘가 갑자기 멈칫했다. 잠시간의 묘한 침묵, 혁련휘가 이내 대답했다.

"여기 있는 이 넷만 간다."

"뭐? 비설은 같이 안 가?"

"같이 가야 할 이유가 있나?"

"아니, 뭐 꼭 그런 건 아니지만…… 너희 둘 잘 어울렸는데 말이야. 항상 붙어 다니고 그러기에 이번에도 당연히 같이 가겠구나 생각하고 있었지."

부의민 자신도 동행하는 상황이다 보니 비설 또한 그러지 않을까 생각했지만 그건 그의 착각이었다.

부의민과 비설은 상황이 달랐다.

애초에 혁련휘가 비설을 데리고 가지 않을 것 같다는 예상을 하고 있었던 환야는 지금 상황에 그다지 놀라지 않았다.

오늘 새벽녘 갑자기 비설을 불렀고, 이후 돌아오는 길에 느껴졌던 그 딱딱한 분위기에서 이미 그런 사실을 눈치채고 있었던 것이다.

그에 반해 달치는 달랐다.

비설이 함께 가지 않는다는 말에 달치가 득달같이 달려왔다.

그가 조르듯이 말했다.

"달치 비설 좋다! 비설 달치랑 친구다. 매일 맛있는 거 가져다주고 달치랑 놀아 준다. 달치 비설이랑 헤어지기 싫다."

"야, 어린애도 아니고……."

복잡한 혁련휘의 마음을 아는 환야가 벌떡 일어나 달치를 말리려 했다.

그런 그를 향해 혁련휘가 괜찮다는 듯 손을 들어 올렸다.

혁련휘가 칭얼거리는 달치에게 말했다.

"안다. 그렇지만 우린 해야 할 게 있으니까. 녀석과 함께하긴 힘들 것 같군."

달치는 혁련휘의 대답을 듣고도 제자리로 돌아가지 않고 선 채로 어물거렸다.

평소에 혁련휘의 한마디면 곧바로 수그러들던 그와는 조금 다른 모습이다.

그만큼 비설이 마음에 들었다는 소리이리라.

더는 이 이야기를 이어 가고 싶지 않았기에 혁련휘가 짧게 상황을 정리했다.

"더 할 말 없으니 돌아가도 돼. 혹시 연락할 거 있으면 이곳으로 오고. 떠날 때까지 여기서 지낼 생각이니까."

"엥? 여기서?"

하인들의 거처라 크기도 작고, 그리 깨끗하지 않은 이곳에서 지낸다는 말에 부의민이 의아하게 물었다.

그런 부의민을 향해 혁련휘가 중얼거리듯 대답했다.

"그게 편할 것 같아서."

"편하긴 뭐가 편해? 어차피 지학당도 그리 멀지 않은데 거기 가서 쉬는 게 나을 텐데? 비설과 헤어질 거라면서 회포도 풀고……."

"아, 거참 뭐 그리 말이 많아. 대장이 그러신다면 그러는 거지. 가뜩이나 좁아 죽겠구만 용무 끝났으면 후딱 가라고."

환야가 괜히 사이에 끼어들면서 부의민을 바깥으로 내쫓듯 밀어냈다.

혁련휘가 굳이 이곳에서 잠을 청하려 하는 이유를 환야는 알고 있었으니까.

인연을 끊기로 마음먹은 혁련휘다.

비설을 밀어낸 혁련휘는 지금 그녀와 한방을 쓰며 얼굴을 맞대고 있는 게 그리 편하지 않은 것이다.

혁련휘가 방에 있는 침상에 걸터앉았다.

"피곤하군."

"침상을 쓰시죠. 제가 바닥에서 자겠습니다."

혁련휘는 말없이 고개를 끄덕이고는 침상에 누웠다. 그가 잠을 청하자 덩달아 달치 또한 다른 쪽에 위치한 곳에 가서 자리를 잡았다.

둘이 자리에 눕자 방에 있는 불을 끄고 환야 또한 대충 바닥에 드러누웠다. 어둠과 함께 방 안은 침묵만이 감돌았다.

그리고 약 일각가량의 시간이 지났을 무렵이다.

드르렁.

달치의 코 고는 소리가 시끄럽게 들렸지만 환야의 관심사는 벽을 보고 누워 있는 혁련휘였다. 뒤척거리는 혁련휘의 모습에서 그가 쉽사리 잠에 들지 못하고 있다는 걸 알아차린 환야다.

긴 망설임 끝에 환야가 조심스레 혁련휘에게 말을 걸었다.

"대장, 정말 괜찮으시겠습니까?"

"뭐가?"

"그 녀석을 이곳에 두고 가는 거 말입니다. 그 정도면 충분히 쓸 만한 거 같은데요. 그만한 녀석 찾는 거 쉽지 않습니다."

"너까지 이럴 거냐? 다른 사람은 몰라도 내가 무슨 생각으로 그런 결정을 내렸는지 너는 알 거라 생각했는데."

혁련휘의 대답에 환야는 벽을 보고 누워 있는 그의 등을 가만히 바라봤다.

'압니다. 너무나 잘 아니까 물어보는 겁니다.'

오랫동안 혁련휘의 옆을 지켰다.

그랬기에 잘 알고 있다.

어릴 때부터 수많은 배신과 죽을 고비를 넘기며 혁련휘는 무척이나 냉정하게 변했다. 누구도 곁에 두려 하지 않았고, 그 누구에게도 쉽사리 옆을 내주지 않는다.

그런 그가 처음으로 옆을 내줬던 것이 동생인 혁리원. 허나 그는 반뿐이긴 하지만 피가 섞인 가족이었고, 아주 어릴 때부터 알아 오던 사이인 것도 한몫했다.

한마디로 완전한 타인에게는 결코 조금의 마음조차 주지 않았던 그다.

그런 혁련휘가…… 처음으로 변화를 보인 게 바로 이 비설이라는 여인 때문이다.

환야는 그런 비설이 함께하기를 바랐다.

'대장의 웃는 모습…… 그 녀석과 함께한다면 언젠가 볼지도 모른다 생각했습니다.'

사람답게 사는 혁련휘, 그런 그가 보고 싶었고 옆에서 함께하고 싶은 게 지옥과도 같은 자하도를 함께 헤쳐 나온 환야의 소원이었다.

하지만 환야는 그런 속내를 삼켰다.

혁련휘가 선택을 했다. 그렇다면 자신은 따른다.

환야가 가라앉은 목소리로 말했다.

"……괜한 말로 대장의 심기를 어지럽힌 것 같군요. 죄송합니다."

"됐다, 자라."

"예, 대장."

*　　*　　*

비설은 멍하니 자신의 침상에 앉아 있었다.

그녀의 시선이 향한 곳은 비어 있는 혁련휘의 침상이었다. 학관에 들어온 이후 혁련휘는 모습을 보이지 않았다.

빈 침상을 보고 있자니 비설은 자신도 모르게 긴 한숨을 내쉬었다.

"하아."

자신도 모르게 눈물을 쏟아 냈던 것이 생각났는지 비설은 고개를 파묻었다.

다시는 혁련휘를 볼 수 없을지도 모른다는 생각이 드는

순간 이상하게 눈물이 떨어져 내렸다. 물론 금방 멈추긴 했지만 눈물을 흘린 본인조차도 당황한 상황이었다.

'형님이 못 봐서 망정이지.'

만약 그 상황을 혁련휘가 봤다면 얼마나 민망했을지 상상조차 되지 않았다.

비설은 지금 이런 자신의 모습이 낯설었다.

다시는 볼 수 없다는 게 못내 아쉽고, 또 마음이 아픈 건 사실이다. 그렇지만 참지 못하고 눈물 몇 방울까지 흘릴 거라는 건 본인도 상상조차 하지 못했던 일이다.

'내가 형님하고 많이 친해지긴 친해졌나 보네.'

반년의 시간을 하루 종일 함께하며 쌓아 온 정 때문에 이토록 마음이 아픈 것이리라 비설은 그리 생각했다.

하지만 비어 있는 혁련휘의 침상을 볼 때마다 마음 한 곳에 구멍이 난 것만 같은 기분이다.

비설은 침상을 바라보며 중얼거렸다.

"안 오시려나 보네."

그런 사실을 재차 떠올리자 또 다시금 기분이 울적했다. 그녀가 그렇게 침상에 쭈그린 채로 앉아 있을 때였다.

끼잇, 끼이익.

새 소리가 비설의 귓가에 울렸고, 그 순간 비설은 다리를 풀고 자리에서 일어났다.

북천회에서 자신에게 연락이 온 것이다.

비설은 혁련휘에게서 선물 받은 자미쌍검을 허리에 차고는 슬그머니 거처를 빠져나갔다. 어두운 밤하늘을 가르며 비설이 날아올랐다.

순식간에 주변의 눈을 피하며 목적지에 도착한 비설의 앞에는 팔환마의 한 명인 주염기가 자리하고 있었다.

주염기가 다가오는 비설을 반갑게 맞았다.

"아가씨, 늦은 밤에 죄송합니다."

울적한 기분을 최대한 감추며 다가가던 비설이 주염기의 말에 아니라는 듯 고개를 저었다. 최대한 직접적인 만남은 피하는 사이에 이렇게 연락을 한 걸 보니 뭔가 중요한 일이 있는 게 분명했다.

그런 그녀를 향해 주염기가 말을 이었다.

"이야기 들었습니다. 대공자가 이틀 후에 학관을 떠나겠다고 부학장에게 알렸다고 하더군요."

"아…… 그렇군요. 형님이 이틀 후에 이곳을 떠나시는군요."

이제 알았다는 듯이 중얼거리는 비설을 바라보고 있던 주염기가 의아하다는 듯 물었다.

"모르셨습니까?"

"네, 형님에게 그런 이야기까지는 못 들었거든요."

최대한 담담하게 말을 받는 비설을 향한 주염기의 표정이 당황스러움으로 물들었다.

그런 그의 얼굴을 보며 뭔가 이상하다 느꼈는지 비설이 물었다.

"왜 그러세요?"

"저…… 같이 가시는 거 아닙니까?"

"제가요? 아뇨. 전 같이 안 가는데요."

무슨 소리냐는 듯 비설은 되물었지만, 오히려 그런 그녀를 바라보며 주염기가 다급히 말했다.

"아니, 아가씨. 이 기회를 놓치시다니요."

"기회라뇨. 대체 무슨 말씀을……."

"대공자를 이용하라는 북천회 상부의 명령을 일전에 말씀드리지 않았습니까. 그를 이용해 보다 빠르게 목표한 것에 접근하라는 지시 말입니다."

그제야 비설은 주염기가 일전에 했던 말이 기억이 났다.

흑거미와의 일을 끝내고 돌아온 직후 주염기를 통해 북천회의 밀명을 받았다.

혁련휘와 가까운 사이가 된 상황을 이용해 어떻게든 삼천기를 회수하는 데 드는 시간을 단축하라는 것이었다.

학관 생활 내내 친분을 유지하여 마교로 돌아간 이후에도 빠른 신분 상승을 노렸던 것이다. 그렇지만 계획과 다르게 혁련휘는 중간에 학관을 떠나 마교로 돌아간다 선포했다.

상황은 달라졌지만, 오히려 이건 더 좋은 기회였다.

당시에 비설은 혁련휘를 이용하라는 지시에 그리 내키지 않는 모습을 보였었다.

그 모습이 기억이 나서인지 주염기가 말을 이었다.

"아가씨께서 대공자를 이용하는 걸 탐탁지 않아 한다는 걸 잘 알고 있습니다. 하지만 이번 기회만 잡는다면 저희 거사는 최대 십 년 이상이 당겨질지도 모르는 일입니다. 아무리 아가씨께서 내키지 않으셔도 이 기회를……."

"그러니까 형님이랑 같이 마교에 들어가라 이거죠?"

"마, 맞습니다."

뭔가 기운 없어 보이던 비설이 갑자기 돌변하여 밀고 들어오자 당황한 주염기가 더듬거렸다. 그도 그럴 것이 흑거미와의 일이 벌어진 게 그리 오래되지도 않았다.

당시만 해도 혁련휘를 이용하라는 말에 그토록 싫은 티를 내던 비설이 지금에 와서 갑자기 눈을 빛내고 있으니 뭔가 의아할 수밖에 없었다.

주염기가 조심스레 물었다.

"아가씨, 괜찮으시겠습니까?"

"어휴, 괜찮죠. 뭐 그런 당연한 소리를 하세요. 그냥 형님하고 같이 마교에 가서 계속 같이 지내며 삼천기를 회수

해라 이게 제 임무인 거잖아요. 그죠?"

"그, 그렇죠."

죽은 사람처럼 축 처져 있던 비설의 얼굴엔 생기가 가득했다.

뭐가 그리도 좋은지 연신 웃어 대는 그녀의 얼굴을 보며 주염기는 대체 이 상황을 어떻게 받아들여야 할지 몰라 당혹스러웠다.

'분명 그때만 해도 그렇게 싫어했는데 오늘은 왜 이러시는 거지?'

오히려 하지 말라고 해도 나서서 마교로 따라갈 기세인 비설을 보며 주염기는 혼란스러웠다.

그런 주염기를 앞에 둔 채로 비설은 자신도 모르게 계속 웃음을 흘렸다.

혁련휘는 비설에게 말했었다.

각자가 따로 할 게 있을 테니 이제 서로의 길을 가야 할 때가 된 것 같다고.

그 말이 의미하는 게 무엇인지 비설도 모르지 않았다.

왜 그런 말을 했는지 알았기에 비설 또한 함께하자고 우길 수가 없었다.

혁련휘의 말대로 비설 또한 해야 할 일이 있었으니까. 그리고 그건 정파의 미래가 걸린 막중한 임무였다. 그랬기에 비설은 혁련휘를 따라갈 생각조차 하지 못했다.

혁련휘의 말대로 이제는 가야 할 길이 달라졌다 생각했으니까.

하지만 아니었다.

당시엔 맘에 안 들었던 그 명령이 오히려 자신에게 혁련휘와 함께할 수 있는 명분이 되어 주고 있었다. 물론 그 명령이 정파를 위한 일이기에 비설은 일말의 망설임조차 가지지 않아도 됐다.

혁련휘와 헤어지지 않아도 됐고, 정파의 숙원인 삼천기 회수를 엄청나게 앞당길 수 있다.

비설이 들뜬 목소리로 말했다.

"아저씨, 고마워요. 덕분에 고민이 싹 해결됐어요."

"아, 예."

고맙다고 하며 웃는 비설의 속내를 이해할 수가 없는 주염기는 그저 고개를 갸웃할 수밖에 없었다. 싫어하던 임무를 진행하라는 건데 대체 뭐가 그리도 고맙다는 건지 이해가 가지 않았다.

그런 주염기를 향해 비설이 말했다.

"그럼 아저씨, 전 우선 가 볼게요. 해야 될 게 좀 있어서요."

"해야 될 거요?"

그게 뭐냐고 묻는 주염기를 바라보며 비설이 웃는 얼굴로 대답했다.

"찰거머리 작전이요."

6장. 출관

— 함께할 이유

"아저씨!"

벌컥 문을 열며 비설이 들이닥쳤다. 이른 아침 갑자기 찾아온 그녀를 보며 환야는 미간을 찡그렸다. 그가 손가락으로 귀를 어루만지며 말했다.

"아침부터 귀청 떨어지겠다."

불만스레 말하는 환야의 뒤편에서 달치가 신이 난 얼굴로 다가왔다. 비설이 웃는 얼굴로 달치를 반갑게 맞았다.

"달치 아저씨도 있었네요?"

"비설 왔다. 비설 왔으니 우리 맛있는 거 먹는다."

이곳에 올 때마다 뭔가 먹을거리를 한 짐은 들고 나타나는 비설이다.

그랬기에 이번에도 달치는 비설이 뭔가를 가지고 왔을 거라 생각했던 듯했다.

달치의 행동에 비설이 어색하게 웃으며 말했다.

“오늘은 먹을 게 없는데…….”

신이 나서 방방 뛰던 달치는 비설의 그 한마디에 금세 시무룩해졌다. 그런 달치를 다독이는 비설을 바라보던 환야가 피식 웃으며 말했다.

“어제만 해도 죽을상이더니 그새 또 원래대로 돌아왔네.”

충격을 받은 얼굴을 마지막으로 봤는데 다시금 그녀는 기운 찬 원래의 비설로 돌아와 있었다. 환야의 말에 비설이 손을 저으며 말했다.

“에이, 전 언제나 한결같죠.”

“쓸데없는 소리 말고 무슨 일이야?”

환야가 벽에 기대며 본론을 캐고 들어갔다.

그런 환야를 향해 비설이 슬그머니 물었다.

“형님 어디 계신지 아세요?”

“몰라.”

“정말로 모르시는 거예요, 아니면 알면서도 모른다고 하는 거예요?”

정확하게 짚어 오는 비설을 향해 환야 또한 픽 웃으며 말을 받았다.

"네 말대로 알아도 모른다고 말할 거긴 했지만, 진짜로 몰라. 아침 일찍 나가셨다."

"그래요? 흐음. 식당에도 안 계시던데 대체 어디에 계신 거지."

"그런데 대장은 왜?"

"할 말이 있어서요."

아무렇지 않게 말하는 비설을 보며 환야는 내심 대단하다는 생각이 들었다.

혁련휘의 성격상 본심이 어땠든 간에 단호하게 잘라 냈을 거라는 걸 알고 있다.

더군다나 이번 일에 개입된 정체불명의 그들이라는 존재에게 혹여나 비설이 피해를 입지 않게 하고자 더욱 단호하게 관계를 정리하려는 듯이 보였다.

그런데도 불구하고 이토록 혁련휘를 찾아다니는 걸 보면 이 여자도 보통은 아닌 게 분명했다.

비설은 슬쩍 바깥을 바라보며 중얼거렸다.

"날씨도 더운데 어디 가서 찾는담."

중얼거리던 비설이 이내 고개를 돌려 환야와 달치에게 인사를 건넸다.

"전 그럼 다시 형님 좀 찾으러 가 볼게요. 나중에 봬요."

말을 마친 비설은 곧바로 휭 하니 사라졌다.

그리고 방금 전까지 그녀가 있던 자리를 바라보던 환야는 머리를 긁적였다.

'만나는 게 그리 쉽지 않을 텐데.'

* * *

비설은 반나절 이상을 학관 내부를 살폈다.

그녀는 연무장을 비롯해 각종 장소들을 쥐 잡듯 뒤지며 혁련휘를 찾으려 했다. 그럼에도 불구하고 비설은 그를 찾을 수가 없었다.

이유는 간단했다.

혁련휘는 학관 안에 없었으니까.

그는 학관 밖에 있는 비파월에 가서 청부했던 일들을 마무리하고 있었다.

비파월 사천 지부장인 서평이 모든 서류를 정리해 넘기고는 물었다.

"학관을 떠나신다면서요?"

"벌써 그쪽에까지 정보가 갔나."

일부러 자신이 마교로 돌아간다는 소문을 흘릴 준비를

하라고 단노백에게 부탁해 둔 상태긴 했지만 아직은 아니었다.

정확하게 내일 아침부터 퍼지게 될 소문이거늘 서평은 이미 그 사실을 알고 있었던 모양이다.

그런 혁련휘의 말에 서평이 가볍게 어깨를 으쓱하며 대답했다.

"정보로 먹고사는 입장이니까요."

서평의 말에 혁련휘는 고개를 끄덕였다.

이 정도의 정보는 손쉽게 알아낼 능력이 됐으니 여태까지 거래를 해 왔던 것이 아닌가.

혁련휘가 자리에서 일어났다.

"가시려고요? 이거 은근 섭섭한데요."

"괜찮은 돈줄 하나가 사라지는 게 아쉽나 보군."

"그것도 아니라고는 못 하겠군요."

서평이 씨익 웃으며 솔직하게 말했다.

사실 혁련휘는 비파월 사천 지부 최고의 손님이었다. 그는 많은 걸 의뢰했고, 그 대부분이 엄청난 가격을 호가하는 고급 정보였다.

혁련휘 하나 때문에 사천 지부는 엄청난 수입을 올릴 수 있었다.

그런 그를 향해 혁련휘가 짧게 대꾸했다.

"그럼 마교 안에도 지부 하나를 내든가. 앞으로도 계속 청부할 게 많을 것 같거든."

"하하. 아무리 돈이 좋아도 그렇지, 그런 짓을 벌였다가는 목이 남아나지 않을 겁니다."

혁련휘의 말에 서평은 웃는 얼굴로 손사래를 쳤다.

사실 지금 한 말 자체가 반은 농담이었고, 반은 진담이었다.

싸움은 끝나지 않았다.

아니, 오히려 이제야 제대로 상대의 그림자나마 희미하게 발견한 모양새다. 정체불명의 그들을 상대하기 위해 혁련휘는 비파월과의 거래를 이어 나갈 생각이다.

물론 그때는 사천 지부가 아닌 마교와 최대한 가까운 곳에 위치한 곳이겠지만.

서평이 자리에서 일어났다.

웃고 있던 그의 얼굴에서 웃음기가 사라지고 진지한 표정만이 감돌았다.

서평이 혁련휘를 향해 포권을 취해 보였다.

"그래도 함께하는 동안 재밌었습니다. 이건 진심입니다."

서평은 항상 혁련휘를 보며 이상하게 매력이 있다 여겼었다.

그런 그와의 헤어짐이 재정적으로나, 인간적으로나 아쉬

운 건 사실이었다.

허나 인생사가 다 그런 것 아니겠는가.

만남이 있다면 헤어짐이 있는 법.

예상치 못한 서평의 인사에 혁련휘는 잠시 그를 바라보다 이내 짧게 화답했다.

"너한테 받는 정보도 쓸 만했다. 값이 좀 비싸긴 했지만."

"하하. 원래 좋은 정보란 게 그렇죠."

웃는 얼굴로 대답한 서평이 이내 말을 이었다.

"그럼 살펴 가시지요."

말을 내뱉는 서평을 향해 혁련휘가 끄덕이고는 이내 몸을 돌려 비파월 사천 지부를 걸어 나왔다. 책 냄새가 가득했던 그곳을 빠져나오자 후덥지근한 공기가 밀려들었다.

무척이나 더운 날씨.

혁련휘가 걸음을 옮겨 어딘가로 향하기 시작했다.

외부에서의 볼일이 다 끝났지만 그는 학관으로 향하지 않았다. 지금 그는 성도의 길을 따라 어딘가를 향하고 있었다.

혁련휘가 지금 가고 있는 곳은 다름 아닌 혁리원과의 추억이 있는 골목길이었다. 얼마 전 서책을 발견했던 바로 그 길 말이다.

그는 계속해서 걸었다.

아직 이른 시간이라 그런지 성도의 번화가는 사람들로 북적였다. 수많은 이들이 오가는 그 길을 혁련휘는 홀로 걸었다.

익숙한 길, 익숙한 건물들을 보며 혁련휘는 생각했다.

'이곳과도 안녕이군.'

그래도 자하도를 나와 많은 시간을 보낸 곳 중 한 곳이 바로 여기 성도다.

거기다 이곳 성도에는 다른 곳에는 없는 특별한 추억들이 있었다.

혁리원과 관련됐던 그 기억들.

하지만 이젠 그게 전부가 아니다.

길거리를 걷던 혁련휘의 시선이 잠시 사람들이 줄을 서서 기다리는 어딘가로 향했다.

진품 만두라 적힌 가게 이름을 보는 순간 혁련휘는 잠시 그곳에 시선을 고정시켰다.

성도로 돌아온 그 날 좋아하지도 않는 만두를 한가득 사갔던 건, 저곳의 만두를 혁리원이 엄청 좋아했었기 때문이다.

그리고 저 만두 가게 앞에서 혁련휘는…… 비설, 그녀를 만났다.

혁련휘는 만두 가게에서 시선을 뗀 채로 천천히 걸었다.

걷던 그의 눈에 들어온 건 다름 아닌 만두를 산 직후 비설에게 억지로 끌려 들어갔던 객잔이었다.

혁리원과의 추억이 있었던 이곳 성도.

하지만 이젠 혁리원 뿐만이 아니다.

자신을 형님이라 불렀던 또 다른 한 명의 동생. 피로 이어진 건 아니었지만 이상할 정도로 신경이 쓰였던 그 여자.

이곳 성도에 넘치는 많은 추억들 속에 이제 비설과 관련된 것들도 꽤나 많아졌다.

걷고 있는 성도의 길 곳곳에 새겨져 있는 비설과의 일들이 생생하게 떠올랐다.

혁련휘는 자신의 감정에 굳이 거짓말을 할 생각은 없었다.

그녀와의 헤어짐이 아쉽다.

그건 분명한 진심이었다.

그렇게 성도 시내에 가득한 추억들을 곱씹으며 걸어오던 혁련휘가 이내 목적지인 골목길에 도달했을 때다.

골목길 인근에 도착한 혁련휘가 멈칫했다.

'뭐지?'

자신이 가려는 막다른 골목길 안에 누군가의 인기척이 느껴진다. 사람들이 드나드는 길목이 아니었기에 이건 무척이나 드문 일이었다.

혁련휘가 천천히 그 자그마한 길 안쪽으로 다가갔다.

그리고 이내 정면을 응시한 채로 골목길로 들어서던 혁련휘의 눈동자가 흔들렸다.

골목길의 안, 그 끝에 있는 건 비설이었다.

비설 또한 혁련휘를 발견하고는 환하게 웃고 있었다. 그런 그녀를 바라보던 혁련휘가 이내 중얼거렸다.

"어떻게 네가 여기에……."

이번에도 흑풍을 따라온 건가 하는 생각이 들었지만 이내 그는 고개를 저었다. 그녀는 자신보다 먼저 이곳에 도착해 있었으니까.

그런 혁련휘의 속내를 읽어서일까?

비설이 먼저 대답했다.

"이곳에 오실 줄 알았거든요."

담담하게 말하는 비설을 보며 혁련휘는 그녀가 일전에 했던 말을 떠올렸다. 혁련휘가 어디에 있던 손바닥 안에 있듯 쉽게 찾을 수 있다 했던 그 호언장담 말이다.

"사람 찾는 거 하나는 귀신이군."

"사람이 아니라 형님 찾는 것만 잘해요. 하루 종일 어디에 계시나 졸졸 쫓아다니고 찾아다니다 보니, 지금쯤이면 어디에 계시겠구나 하고 짐작이 되거든요."

웃는 얼굴로 말하는 비설을 바라보던 혁련휘가 이내 차

가운 목소리로 물었다.

"무슨 일로 날 찾은 거지? 분명 우리의 인연은 끝이라 말했던 것 같은데."

말을 내뱉는 혁련휘를 향해 반대편에 있던 비설이 성큼성큼 다가왔다. 그녀가 어느 순간 그의 코앞까지 다가와 있었다.

비설은 갑자기 허리에 차고 있던 자미쌍검을 풀어 혁련휘의 가슴팍에 들이밀었다. 엉겁결에 혁련휘가 자미쌍검을 받아 들었을 때다.

"돌려드릴게요, 형님. 이별 선물이었던 것 같은데, 이런 거 필요 없습니다."

"이건 너한테 신세 졌던 게 고마워서 준 거야."

"정말 고마우세요?"

"신세 진 건 사실이니까."

"그럼 이거 말고 다른 거 주세요."

"다른 거?"

그게 뭐냐고 혁련휘가 되물었을 때다.

비설이 강하게 말했다.

"형님 옆자리요."

"……?"

알 수 없는 말에 혁련휘가 그저 바라만 보고 있을 때였다. 그런 그를 향해 비설이 돌리지 않고 직선적으로 말했다.

"헤어지기 싫습니다. 어떻게든 형님과 같이 갈 겁니다."

"너 내가 한 말……."

"무슨 말씀하시려는지 압니다. 하지만 그건 형님이 잘못 생각하신 거예요."

"내가 뭘 잘못 생각했다는 거지?"

"저와 형님의 목적이 다르다 생각하시지요?"

당연하다.

그랬기에 혁련휘는 비설과 헤어짐을 선택했으니까. 그녀가 하고자 하는 비밀스러운 뭔가와 자신의 복수가 같을 리가 없었다.

그런 그를 향해 비설이 말을 이어 나갔다.

"전혀요. 제가 학관에 들어온 이유 자체가 좋은 성적으로 마교에 들어가고 싶어서였습니다. 그런데 형님은 마교의 대공자시죠. 그러니까 형님."

긴말을 내뱉어 가던 비설이 잠시 숨을 몰아쉬며 다음 말을 내뱉었다.

"지금처럼 절 이용하세요. 보셔서 아시겠지만 저 은근 쓸 만합니다. 형님이 하시고자 하는 일에 도움이 될지언정 결코 방해는 되지 않을 겁니다. 그러니까 신나게 써먹으세요. 하지만 저 또한 그냥 퍼 주기만 하려는 건 아닙니다. 제가 뭔가를 해 드리는 대신 저도 형님을 이용해서 마교로 들어가고 싶습니다."

비설의 말은 어찌 보면 당돌하게까지 느껴졌다.

대공자인 혁련휘 본인에게 그를 이용해 마교에 들어가고 싶다 말하고 있었으니까.

하지만 이상하게도 자신도 혁련휘를 이용할 테니, 그 또한 그러라는 말에 마음이 한결 가벼워지는 이유는 무엇일까?

서로가 서로에게 도움이 될 부분이 있으니, 그 부분을 드러내 놓고 이용하자는 제안.

무작정 한쪽이 희생하는 게 아니다.

서로가 서로에게 뭔가를 주고받는 것.

어쩌면 혁련휘에게는 필요했던 걸지도 모르겠다.

두 사람이 함께해야 할 그 어떠한 이유가…….

가만히 서 있는 혁련휘를 향해 비설이 재차 말했다.

"형님이 뭐라고 하셔도 전 이 기회 안 놓칠 겁니다. 어떻게든 조르고 졸라서 형님이 마교에 들어갈 때 같이 들어가고야 말 테니까요. 그러니 절 밀어내지 마세요. 밀어내신다고 해서 밀릴 제가 아니니까요. 어떻게든 들러붙는 제 성격 아시죠?"

비설은 단단히 각오를 하고 왔다.

설령 혁련휘가 싫다고 하면 뒤를 쫓아서라도 계속해서 따라붙을 생각이었다.

쉬운 각오는 아니었다. 계속해서 밀어내는 상대에게 다가선다는 건 그만한 용기가 있어야 가능한 일이었으니까.

그럼에도 불구하고 비설은 흔들리지 않았다.

자신을 응시하는 그 흔들림 없는 눈동자를 마주하고 있던 혁련휘가 이내 손을 움직였다.

휙.

혁련휘가 비설이 억지로 손에 쥐게 했던 자미쌍검을 다시금 그녀를 향해 툭 던진 것이다. 자미쌍검을 받아 든 비설이 이내 검을 내밀며 말했다.

"이거 이별 선물이라 받고 싶지 않다고……."

"이별 선물 아니야."

긴 침묵을 이어 가던 혁련휘가 처음으로 입을 열었다. 그런 혁련휘를 향해 비설이 두 눈을 동그랗게 뜨며 물었다.

"그럼 뭔데요?"

"……가불해 주는 거라고 생각해."

"가불이요? 무슨 가불이요?"

"신나게 써먹으라며? 그러면 최소한의 보수는 줘야지."

"지금 그 말……."

"마교로 들어오게 해 주고, 난 수십 년이 넘게 써먹을지도 모르는 수족 하나가 생긴다라…… 나쁘지 않네."

"허락하신 거죠? 맞죠?"

기쁜 얼굴로 되묻는 비설을 향해 혁련휘가 고개를 끄덕였다.

"남는 장사인데 안 할 필요는 없지."

"아싸!"

신이 난다는 듯 소리친 비설은 기쁨에 겨웠는지 자신도 모르게 앞에 있는 혁련휘에게 다가와 덥석 껴안았다.

생각지도 못하게 품 안으로 파고든 비설의 행동에 혁련휘는 당황했다.

그런 그의 상태도 알지 못하고 비설은 그저 혁련휘를 꽉 안은 채로 가슴팍에 볼을 맞대고 있었다. 너무 기쁜 나머지 그녀는 지금 자신이 무슨 행동을 하는지도 모르고 있었다.

웃는 얼굴로 고개를 들어 혁련휘를 올려다보고서야 비설은 이내 정신을 차렸다.

"아, 이런."

황급히 손을 풀고 떨어진 비설이 어색하게 자신의 옷매무새를 어루만졌다.

혁련휘와 헤어지지 않아도 된다는 사실이 너무나 좋았다. 그랬기에 자신도 모르게 그를 껴안은 채로 계속해서 웃고만 있었다.

잠시 당황하긴 했지만 그래도 비설의 얼굴엔 웃음이 가득했다.

좋았다.

헤어질 거라 생각했던 혁련휘와 다시 함께할 수 있다는 사실이 너무나 좋았다.

싱글벙글 웃고만 있는 비설을 향해 혁련휘가 말했다.

"각오하라고. 여태까지와는 비교도 안 될 정도로 엄청 굴려 댈 테니까 말이야."

"하하! 괜찮습니다. 얼마든지 굴려 주세요, 형님. 전 열심히 구를 테니까요."

혹사시키겠다 으름장을 놓았거늘 좋다는 듯 웃어 대는 비설을 보며 혁련휘는 생각했다.

'이상한 녀석.'

다행이다.

아직은 이 녀석과 함께할 수 있는 이유가 있어서.

*　　*　　*

환영학관을 떠나는 날 오후.

약속된 시간이 되자 학관을 떠날 인원들이 짐을 싸서 한곳에 모였다.

만나기로 한 장소는 언제나처럼 환야와 달치의 거처였고, 먼저 도착해 있던 부의민은 그들과 함께 뒤늦게 온 혁련휘와 비설을 맞아야 했다.

환야야 이미 전해 들었지만 이 일에 대해 알지 못했던 부의민은 혁련휘와 함께 모습을 드러낸 비설을 보며 놀랐다.

"이 녀석은 안 데려간다고 하지 않았어?"

"헤헤. 제가 졸라서 데려가 주시기로 했거든요. 부 교관님."

함께한다는 사실이 그리도 좋은지 하루가 지난 아직까지도 비설의 얼굴에선 웃음이 떠날 줄을 몰랐다.

웃어 대는 그녀를 보던 부의민이 작게 고개를 저으며 투덜거렸다.

"이럴 줄 알았다니까. 실과 바늘 같은 놈들이 웬일로 떨어지려 하나 했다."

투덜거리는 그를 환야가 흘겨보았고, 그런 시선을 느껴서인지 부의민은 입을 닫았다. 환야의 실질적인 실력을 본 이후 부의민은 그를 인정하게 됐다.

그리고 조금씩 시간이 날 때는 간단한 비무나, 조언을 통해 무공도 함께 고민하는 사이기도 했다.

부의민과 간단한 대화를 끝낸 비설은 곧바로 달치에게 가서 서로 좋다는 듯이 뭔가 이야기를 나눴다.

달치 또한 비설과 함께한다고 하자 무척이나 신이 난 모양새였다.

그런 두 사람을 부의민이 말없이 바라보고 있을 때였다.

비설이 퍼뜩 생각났다는 듯이 손바닥을 마주치며 말했다.

"그런데 교관님을 앞으로 어떻게 부르죠? 학관을 나갔는데 계속해서 교관님이라 부를 순 없고."

고민하는 그녀를 향해 환야가 거들었다.

"뭘 그런 걸로 고민하냐. 우리한테처럼 아저씨라고 부르면 되지."

"아, 그럼 되겠네요. 부 아저씨라고 불러야겠다."

말을 주거니 받거니 하는 둘을 보며 부의민이 절대 안 된다는 듯 손사래 쳤다.

"장가도 안 간 총각한테 아저씨는 좀 아니지 않냐?"

"그럼 난?"

환야가 곧바로 받아쳤다.

사실 비설에게 아저씨라 불리는 걸 극도로 싫어하는 환야다.

그렇지만 막상 부의민을 이렇게 골려 줄 때가 되니 합이 맞은 듯 몰아가고 있는 것이다.

아저씨라는 호칭이 맘에 안 든 부의민이 다시금 그것에

대해 언급하려 할 때였다.

가만히 있던 혁련휘가 끼어들었다.

"언제까지 떠들 생각이야?"

혁련휘의 그 한마디에 환야는 바닥에 내려 두었던 자신의 짐을 들어 올렸다.

거처에 모인 다섯 명의 짐은 모두 단출한 편이었다.

그들이 모두 짐을 들어 올리자 혁련휘가 짧게 말했다.

"가지."

혁련휘의 말과 함께 다섯 명은 곧바로 마구간으로 향했다.

마구간에는 이미 그들이 타고 갈 다섯 필의 말이 준비되어 있었다.

그리고 그 말에는 며칠 동안 먹을 식량과 몇 가지 물건들이 달려 있었다.

사전에 단노백에게 떠나는 날 탈 만한 좋은 말과 음식들, 그리고 여행에 필요한 물품들을 부탁했다. 그랬기에 이토록 모든 준비가 되어 있었던 것이다.

마구간에는 이들 다섯 명과, 말을 관리하는 마사를 제외하곤 아무도 없었다.

단노백을 비롯한 학관의 높은 자들이 모두 나와 인사를 하겠다고 했었지만 그건 혁련휘가 거절했다.

굳이 그들의 인사를 받을 필요는 없다 여겼으니까.

가지고 온 짐을 말에 실은 그들이 모두 말에 올랐다.

말에 올라탄 부의민이 가볍게 말을 움직여 보며 혀를 내둘렀다.

"대공자 힘이 좋긴 좋네. 엄청 좋은 말도 내놨군."

가야 할 여정이 꽤나 길었다. 이곳 사천성 성도에서 마교까지는 빠르게 움직인다고 해도 수십 일은 걸리는 여정이다.

그리고 그 기나긴 여정이 지금 시작되고 있었다.

다섯 명은 말을 탄 채로 환영학관의 입구 쪽으로 움직였다. 내부에서는 빠르게 달릴 수 없었기에 천천히 움직이며 부의민은 연신 주변을 두리번거렸다.

사실 다른 이들에 비해 부의민은 이곳 환영학관에 몸담은 지 꽤나 오랜 시간이 흘렀다.

자연스레 떠나는 지금의 기분 또한 남다를 수밖에 없었다.

그는 학관 내부의 곳곳을 바라보다 이내 작은 미소를 흘렸다.

모든 걸 포기하고 지냈던 부의민에게 이곳은 그나마 편히 쉴 수 있는 유일한 곳이었다. 그가 그런 모든 것들에게 작게 인사를 건넸다.

그렇게 다섯 필의 말과 함께 인원들이 환영학관의 입구

를 향해 나아갈 때였다.

선두에 서서 나아가던 환야가 뭔가를 발견하고는 눈을 찡그렸다.

"대장, 입구에 사람들이 몰려 있는데요. 제가 보기엔 대장을 기다리는 거 같은데……."

"단노백에게 쓸데없는 짓은 하지 말라고 했는데."

혁련휘가 귀찮다는 듯 말을 내뱉으며 멀리 떨어진 입구 쪽으로 시선을 돌리다가 이내 뭔가를 발견했다.

그들은 단노백이나, 학관의 높은 고위층 인물들이 아니었다.

무척이나 낯익은 얼굴들이 보인다.

하북팽가의 팽호연, 지단 사파를 이끄는 위지겸과 그런 그 둘을 따르는 수많은 무인들. 지단의 수많은 이들이 입구 양쪽에 도열한 채로 자리하고 있는 것이었다.

그런 그들의 행동에 혁련휘가 아무런 말도 하지 못하고 있을 때였다.

"어? 저 녀석들이 왜 저기에 있데요?"

그들을 알아본 비설이 중얼거렸다. 그렇게 말이 입구 부분에 도달했을 때다. 말에 올라타 있는 채로 혁련휘는 가장 앞쪽 양측에 위치한 두 사람을 번갈아 바라봤다.

좌측의 팽호연과 우측의 위지겸.

그리고 그들의 가장 가까운 쪽에는 함께 출행을 나섰던 이들 또한 자리하고 있었다.

위지겸이 먼저 입을 열었다.

"대공자님께서 떠나신다 들었습니다."

"그래."

"돌아오실 예정은 없으시겠지요?"

"아마도."

처음엔 주자악에게 겁을 먹고 혁련휘를 압박했던 지단의 무인들이다.

하지만 출행 이후, 가장 먼저 주자악의 반대편에 서는 용기를 보여 줬던 두 사람.

정파의 팽호연과 사파의 위지겸.

그리고 이 둘이 있었기에 지금 지단의 무인들은 정사를 가르지 않고 하나로 엮여 가고 있었다.

위지겸이 포권을 취하며 예를 갖췄다.

"무탈하신 여행이 되시기를 바랍니다. 그리고 반드시…… 훌륭한 무인이 되어 대공자님을 뵙겠습니다."

위지겸의 진심 어린 말을 들어서일까?

혁련휘가 입을 열었다.

"네 얼굴, 기억하지."

그 한마디에 위지겸은 감격한 듯이 입술을 꾹 깨물었다.

일개 학관의 학생 하나를 일일이 기억하기에 혁련휘는 너무나 고귀한 존재였으니까.

그렇게 짧은 대화를 나누는 사이에 팽호연 또한 비설과 작별 인사를 하고 있었다.

팽호연이 섭섭하다는 듯 비설에게 말했다.

"이렇게 혼자 가기냐?"

"미안하게 됐어. 어쨌든 너도 몸조심하고."

비설은 은근 걱정이 됐다.

자신 둘이 나간 지단이 혹여나 주자악의 표적이 되지는 않을까 하고.

허나 그럴 일은 없을 것이다. 비설은 모르고 있었지만 혁련휘가 이미 단노백을 통해 지단 무인들에게 혹여나 해코지를 하지 못하게 하라는 엄명을 내려놓은 탓이다.

짧은 인사를 주고받은 후 혁련휘가 가볍게 말의 고삐를 잡아당겼다.

그러자 잠시 멈추어 있던 말이 다시금 발을 움직이기 시작했다.

따각, 따각.

한 걸음 한 걸음 입구를 향해 나아가는 발걸음.

그리고 그런 혁련휘의 움직임에 따라 양쪽에 도열해 있는 백여 명이 훌쩍 넘는 무인들이 하나씩 포권을 취하며 고개를 숙였다.

마치 파도처럼 퍼져 나가는 포권을 취하는 무인들의 모습은 실로 장관이었다.

그들은 절도 있는 모습으로, 떠나는 혁련휘의 마지막을 장식해 줬다.

생각지도 못한 지단 동료들의 인사를 받으며 혁련휘 일행은 마침내 학관을 빠져나왔다.

학관을 나오고도 아무런 말도 없이 나아가는 혁련휘를 향해 부의민이 피식 웃으며 말했다.

"어때? 성대한 인사를 받으며 나온 기분이."

"별로."

상관없다는 듯 혁련휘는 말했다.

언제나와 같은 무표정한 얼굴, 그렇지만 혁련휘의 기분은 썩 나쁘진 않았다.

혁련휘가 고삐를 더욱 강하게 움켜쥐며 뒤쪽에 있는 다른 네 사람에게 말했다.

"속력을 내지. 목적지까지 한참은 남았으니까."

*　　*　　*

포권을 취하는 지단 무인들의 환대 속에 사라져 가는 혁련휘의 모습을 멀리에서 지켜보는 한 사내가 있었다.

그는 바로 혈뢰주가의 주자악이었다.

건물 옆에 숨어 떠나는 혁련휘를 바라보는 주자악의 얼굴은 악귀처럼 일그러져 있었다.

꽉 쥐어진 그의 주먹은 부들부들 떨렸다.

영웅이라도 된 것처럼 떠나는 혁련휘의 모습이 못내 마음에 들지 않았다.

오늘 아침이 돼서야 주자악은 혁련휘가 오늘 마교를 향해 떠난다는 사실을 알 수 있었다. 학관 내부에 갑자기 퍼진 그 소식을 들은 주자악은 머리가 복잡해지기 시작했다.

학관에 입관한 지 고작 반년이다.

반년이라는 시간만 채운 그가 갑자기 마교로 돌아간다고 한다.

주자악은 혁련휘를 기회라 여겼다.

같은 편으로 삼아도 좋고, 그를 꺾을 수만 있다면 아버지에게 자신을 다시 한 번 돌아보게끔 하는 기회가 될 수 있다 생각했으니까.

형에게만 기대를 거는 아버지에게 자신 또한 혈뢰주가를 이을 재목이라는 걸 어떻게든 보여 주고 싶었다.

그런데 혁련휘가 떠났다.

물론 처음부터 혁련휘가 학관에 있었던 건 아니다.

그를 만나기 전까지만 해도 학관에서 뛰어난 모습을 선보여 아버지의 눈에 들려고 했었지만…… 그랬던 자신의 계획이 이제는 우습게 여겨졌다.

'맘에 들지 않아.'

이곳에 있는 자신이 싫었다.

흡사 호랑이가 없는 산에서 늑대가 왕이 된 것 같은 기분이 들기 시작한 것이다.

주자악은 자신을 호랑이라 생각했다. 하지만 혁련휘와 만나고 헤어지며 자신이라는 존재가 늑대라는 사실을 절절히 깨닫게 되었다.

형에게 가려져 이인자로 지내야 했던 과거나, 혁련휘에게 밀려 학관에서도 별다른 두각을 드러내지 못했던 지금도.

'더는 늑대로 살고 싶지 않다.'

환영학관의 최고가 되고 싶다는 마음이 시들시들해졌다.

진짜 호랑이들은 모두 마교에 있는데, 그들이 떠난 이런 곳에서 왕 노릇이나 하는 가짜 호랑이인 자신의 모습이 꼴사나웠다.

떠나가는 혁련휘를 바라보던 주자악은 결국 마음의 결정을 내렸다.

'나도…… 호랑이가 되겠다.'

그리고 호랑이가 되기 위해서는 그들이 모인 곳으로 가야만 했다.

주자악이 몸을 돌렸다.

'나 또한 마교로 돌아간다.'

성도와 멀리 떨어진 어느 곳.

그곳은 무척이나 뜨거웠다. 뜨거운 열기가 당장이라도 사람을 집어삼킬 것만 같은 공간에 누군가가 자리하고 있었다.

사내는 무척이나 날카로운 인상이었다.

오십 대 정도 되어 보이는 얼굴에 머리카락은 길게 풀어 늘어트린 모습이다.

어깨가 훤히 드러나는 옷을 입은 그는 무척이나 강해 보이는 인상을 풍기는 자였다. 날카로운 인상과 살기 어린 눈동자가 절로 섬뜩한 느낌이 들게 하는 사내.

사내는 바로 사사혈교의 교주 대라혈신(大羅血神)이었다.

그런 대라혈신의 앞으로 수하가 급히 모습을 드러냈다.

"대공자가 마교를 향해 움직였다고 합니다."

그 한마디에 커다란 의자에 몸을 기댄 채로 술잔을 기울이던 그의 몸에서 진득한 살기가 폭발했다.

쿠쿠쿠쿵!

놀랍게도 살기 하나만으로도 대라혈신이 위치한 건물이 부서질 듯 흔들렸다. 동시에 손에 들린 술잔이 깨어져 나가며 그의 바지가 술로 잔뜩 젖어 버렸다.

대라혈신이 자리에서 일어났다.

"마침내…… 움직였구나."

혁련휘에게 사사혈교의 수많은 무인들이 죽은 그 날 이후 대라혈신은 계속해서 그가 마교를 향해 움직이기를 기다리고 있었다.

사사혈교는 그때 많은 피해를 입어야만 했다.

그리고 사형제였던 사막혈신과, 아끼던 백귀야녀 또한 잃었다.

복수는 반드시 하고야 마는 사사혈교지만 상대는 마교의 대공자였다. 섣부르게 성도로 들어가 그를 제거할 수는 없었다.

마교와의 전면전이 벌어진다면 승산은 없다.

그랬기에 기다렸다. 그가 외부로 나와 은밀하게 제거할 수 있는 그 순간을.

그리고 결국 몇 달의 기다림 끝에 혁련휘가 움직였다는 소식을 접한 것이다. 대라혈신이 빠르게 명령을 내렸다.

"사막야차들을 소집해라. 내가 직접 그들을 인솔해서 움직이겠다."

대라혈신의 명령에 수하가 빠르게 대전에서 사라졌다. 혼자 남은 대라혈신이 낮은 웃음소리를 흘렸다.

"크크! 혁무조 그놈의 핏줄이 과연 어떤 피 맛을 지녔을지 궁금하구나."

웃음과 함께 대라혈신의 눈동자가 이글거렸다.

살려 두지 않을 것이다.

혁련휘. 그놈은 결코…… 살아서 마교로 돌아갈 수 없다.

7장. 방해자들

— 상태는 괜찮군

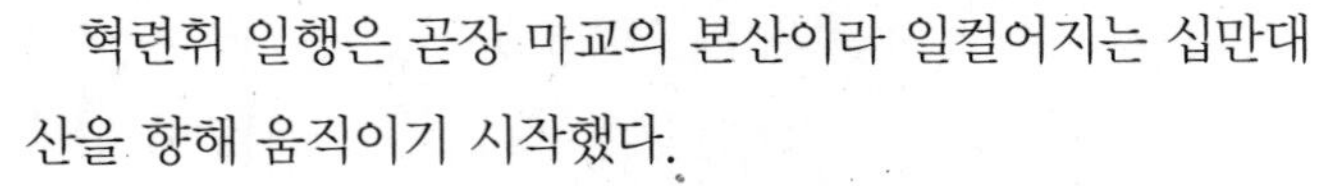

혁련휘 일행은 곧장 마교의 본산이라 일컬어지는 십만대산을 향해 움직이기 시작했다.

꽤나 머나먼 길이기도 했고, 해야 할 것이 있는 혁련휘 일행은 빠르게 목적지를 향해 지친 말을 갈아타며 이동하고 있었다.

쉼 없는 여정은 제아무리 무인들이라 해도 지치게 만든다. 그랬기에 그들은 가능하면 잠은 마을에서 청했다.

최소한 좋은 음식과 편한 잠자리로, 쌓이는 피로를 풀고 있는 것이었다.

허나 그것도 운이 좋아야 가능했지, 대다수의 날들은 야영을 피할 수 없었다.

"아, 오늘도 또 밖에서 자야 되는 거야?"

부의민이 툴툴거렸다.

사실 야영이 크게 불만은 아니었다.

딱딱한 바닥이 그리 좋진 않았지만 그래도 버틸 만은 했으니까. 다만 문제는 무더위와 함께 오는 찝찝함이다.

부의민이 끈적거리는 팔뚝을 만지작거리며 말했다.

"제대로 씻은 게 벌써 나흘 정돈가? 날도 더운데 찝찝해 죽겠네."

"언제부터 그렇게 잘 씻으셨다고."

부의민의 옆에 있던 환야가 코웃음을 쳤다.

그런 환야의 말에 부의민은 괜히 귀를 파는 시늉을 하며 마치 못 들을 말을 들었다는 듯이 굴었다. 환영학관을 떠나 움직이는 내내 환야와 부의민은 쉼 없이 투덕거렸다.

허나 그러는 와중에서도 부의민은 적당한 선을 지켰다.

비록 이렇게 한량같이 보이는 사내일지라도 그는 그림자 부대인 검위영에 오랫동안 몸담았던 자다. 암중에서 움직이는 부대일수록 그 내부의 규율이 엄격한 것은 당연지사.

그런 것이 몸에 배어 있는 부의민이었기에 환야에게 도를 넘는 행동은 하지 않았다.

비록 계속해서 투덕거릴 정도로 맞는 것 하나 없는 사이지만, 적어도 그는 자신보다 강했고 또한 대공자인 혁련휘가 자신의 윗사람으로 지정해 준 상대다.

그런 이를 무시한다는 건 스스로를 욕보이는 것과 다를 게 없다 여기는 부의민이었다.

둘의 시끄러운 목소리를 들으면서 비설은 연신 웃고만 있었다.

자연스레 부의민의 화살이 이곳에서 유일하게 만만한 비설에게로 향했다.

“넌 언제까지 그렇게 웃고만 있을 거야?”

“저요? 제가 또 웃고 있었어요?”

스스로도 웃고 있는 걸 몰랐는지 비설이 말 위에 탄 채로 어색하니 자신의 머리를 긁적였다. 그런 그녀를 향해 부의민이 고개를 절레절레 저으며 중얼거렸다.

“쯧쯧, 같이 오게 된 게 뭐 그리 좋은지 원.”

타박하는 듯한 부의민의 말에도 비설은 마냥 좋다는 듯 웃기만 했다. 몇 번이고 들어서 알게 된 사실이지만 자신도 모르는 사이에 툭하면 실실 웃고 있는 요즘이었다.

환영학관을 떠난 지 무려 열흘 가까운 시간이 흘렀는데도 불구하고 말이다.

자신도 모르는 사이에 계속 웃고 있는 걸 보니 생각했던 것 이상으로 혁련휘와 함께하고 싶었던 모양이다.

그런 둘의 대화를 혁련휘는 듣지 않는 척하면서 은근히 귀를 기울이고 있었다.

부의민이 말을 이어 갔다.

"자꾸 웃으니까 괴롭혀 주고 싶네. 아, 어떻게 하지. 이제 내 제자도 아니라 막 굴리기도 그런데 무슨 방법이……."

"부의민."

가만히 있던 혁련휘는 비설을 향한 부의민의 괴롭힘이 길어지려 하자 그의 이름을 불렀다.

자신을 부르는 혁련휘의 목소리에 그가 고개를 돌렸다.

"응?"

"기운이 넘치나 본데 힘 좀 빠지게 해 줘?"

혁련휘의 그 한마디에 부의민이 황급히 비설에게서 멀어졌다.

괜히 그녀를 더 괴롭히려 들다가는 자신이 혁련휘에게 도리어 당할지도 모른다는 예감이 들어서다.

거리를 벌린 그가 내심 불만스럽다는 듯이 투덜거렸다.

"이거야 원 형님 없는 사람은 서러워 살겠나."

부의민이 구시렁거리는 사이, 달치가 혁련휘를 향해 다가왔다.

마찬가지로 말을 타고 움직이고 있던 그가 졸린 눈을 비비며 말했다.

"달치 졸리다."

제대로 먹지도 못하고 종일 말을 타고 달리기만 하니 달치는 지루한 모양이었다.

게슴츠레하게 눈을 뜬 달치를 향해 혁련휘가 입을 열었다.

"조금만 참아."

부의민의 말대로 며칠이나 마을에 제대로 들르지 못했다.

처음 학관을 떠나면서 챙기고 왔던 마른 육포 같은 간단한 먹거리들도 떨어진 지금 가능하면 마을에 들러 그것들을 채워야 하는 상황이다.

혁련휘는 오는 내내 부지런히 바닥을 살폈다.

수레바퀴 자국이나, 사람들의 발자국이 종종 눈에 띄었고, 그건 곧 인근에 마을이 있음을 의미했다.

그랬기에 해가 지고도 한참이 지난 늦은 시간임에도 불구하고 멈추지 않고 계속해서 움직이고 있는 것이었다.

그렇게 한참을 말을 타고 발자국을 따라 움직이던 일행의 눈에 멀리에서 다가오는 한 봇짐을 든 중년 사내의 모습이 들어왔다.

혁련휘는 마침 잘됐다는 듯 슬쩍 상대를 향해 고갯짓을

했다.

그리고 그 신호를 확인한 나머지 일행들은 함께 중년의 사내를 향해 다가갔다.

막 중년 사내의 지척에 도달했을 때다.

비설이 말 위에서 중년 사내에게 말을 걸었다.

"저기 뭐 좀 여쭙고 싶은데요."

갑작스레 말을 걸어오는 상대를 힐끔거리며 중년 사내가 물었다.

"뭘 말입니까?"

"쉴 곳을 찾고 있는데 혹시나 가까운 곳에 마을 없을까요?"

"마을이라면 있지요."

있다는 말에 비설의 표정이 한결 밝아졌다.

중년 사내가 말을 이었다.

"이 길을 따라 대략 일각가량 가면 갈림길이 나오는데 그곳에서 남쪽으로 조금만 움직이면 마을 하나가 있습니다."

중년 사내는 손가락으로 방향까지 가리키며 길을 설명해 줬다.

도움을 준 그를 향해 비설이 고개를 꾸벅하며 감사하다는 뜻을 내비쳤다.

인근에 마을이 있다는 말에 비설뿐만이 아니라 다른 일행들 모두 밝아진 얼굴로 남은 힘을 쥐어짜며 말을 몰기 시작했다.

그렇게 혁련휘 일행은 사내가 가르쳐 준 방향으로 움직였고, 중년 사내는 자신의 갈 길을 갔다.

그렇게 한참을 걷던 중년 사내가 갑자기 발을 멈추었다.

사내가 뒤편으로 고개를 돌리더니 그들이 사라져 버린 길을 바라봤다.

중년 사내의 입가에 조소가 걸렸다.

"걸려들었군."

그는 우연히 이 길을 지나가던 혁련휘 일행을 만난 게 아니었다.

애초부터 혁련휘의 위치를 파악하기 위해 이곳에서 자리하고 있던 자다.

사사혈교와 관련된 자.

허나 그는 무인이 아니었다.

무공을 드러내지 않아도 무인은 평범한 사람과는 다른 부분이 있다.

걸음걸이나 행동, 손에 잡힌 굳은살이나 외향적 변화 등 말이다.

혹여나 무인을 이곳에 심어 뒀다가 그런 것에서 이상한

점을 눈치챈다면 오히려 귀찮은 일이 벌어질지도 모른다는 생각에 사사혈교에서는 오히려 무공조차 익히지 않은 자를 길목에 심어 뒀던 것이다.

몇 차례고 혁련휘의 움직임을 파악했고, 그걸 통해 그들이 움직이는 길목 또한 좁혀 들어갔다.

수십 개의 길들을 하나씩 지우고 나니 그들이 움직이는 길목을 파악하는 건 어렵지 않았다. 이 부근으로 들어온 이상 마교가 있는 십만대산으로 향할 만한 길목은 세 개.

허나 그 세 개 중 어디로 간다 해도 지나쳐 갈 만한 곳에 이미 모든 준비를 끝마쳐 둔 상태였다.

꽤나 많은 이들이 이 일에 투입됐거늘, 이 사내가 지키고 서 있던 길목으로 혁련휘 일행이 오게 된 것이다.

사내가 봇짐을 풀고 그 안에 있는 향로 하나를 열었다.

향로 안에서는 녹색의 연기가 허공으로 팍 하고 터져 나왔다 사라졌다.

그것이 전부였지만 사내는 그 상태에서 기다렸다.

그리고 그가 향로를 연 지 일각가량이 지났을 때였다. 주변으로 새카만 그림자들이 밀려들었다.

어둑해지는 바닥을 느낀 그가 고개를 들었을 때다.

"헉!"

사내가 있는 곳 주변의 나무 위를 빼곡하게 채우고 있는 수많은 자들.

똑같은 야차 형상의 가면을 쓴 자들이 나무 위에 자리하고 있었다.

야차의 가면을 쓴 엄청난 고수들이 마치 열매처럼 나무에 달려 있는 그 모습은 섬뜩해 보이기까지 했다.

허나 그게 전부가 아니었다.

나무에 매달린 야차 형상의 고수들과 더불어 누군가가 사내의 앞으로 다가오고 있었다.

그쪽으로 고개를 돌리던 사내의 눈동자가 흔들렸다.

사사혈교의 사람이라면 결코 모를 수 없는 존재.

사사혈교의 교주, 대라혈신이 모습을 드러낸 것이다.

거칠면서도 날카로워 보이는 그 인상은 성난 맹수와도 같은 분위기를 물씬 풍겼다.

그를 마주하는 순간 사내는 마른침을 삼켰다.

사사혈교에 속한 자이긴 했지만 실제로 교주를 마주한 것은 처음이다.

사내가 바닥에 머리를 박으며 입을 열었다.

"교주님을 뵙습니다."

"염왕향을 피운 게 네놈이냐?"

염왕향은 사사혈교에만 전해지는 특별한 물건이다. 훈련된 이들만 맡을 수 있는 향기로 중요한 임무에서 서로의 위치를 확인하기 위해 사용하곤 한다.

대라혈신의 질문에 사내가 고개를 끄덕였다.

"예, 교주님. 방금 전에 대공자가 이 길을 지나갔습니다."

"그래?"

혁련휘에 대한 이야기가 나오자 살기 가득했던 대라혈신의 입가에 비웃음 같은 미소가 걸렸다. 그가 재차 물었다.

"그래서 어떻게 했지?"

"마침 그쪽에서 먼저 마을을 찾기에 사전에 계획된 장소로 가게끔 유도했습니다."

"혹 놈이 의심하지는 않던가?"

"전혀 그런 기색은 보이지 않았습니다."

말을 내뱉는 사내의 목소리는 들떠 보였다.

일개 능력도 없는 교도로서 이렇게 교주와 직접적으로 말을 섞는다는 건 엄청난 영광이었다.

더군다나 교주인 대라혈신이 직접 나섰을 정도의 일이다.

그토록 중요한 건수에서 직접적인 성과를 내기까지 했으니 단순하게 이 정도로 끝나지만은 않을 것이다.

적지 않은 보수, 그리고 혹시나 운이 좋다면 이걸 발판 삼아 지금보다 훨씬 높은 위치에 오를 수 있는 기회가 생길지도 모른다.

사내가 여러 가지 생각으로 잔뜩 들떠 있을 때였다.

대라혈신이 허공에 있는 사사혈교 최정예들인 사막야차들을 향해 말했다.

"내 무기는?"

대라혈신의 말이 끝나기 무섭게 야차 가면을 쓴 이들 중 하나가 툭 떨어져 내렸다.

그가 손에 들고 있던 커다란 박도(朴刀)를 공손한 자세로 내밀었다.

사막야차 중 하나인 그가 짧게 말했다.

"손질이 끝났습니다, 교주님."

스르릉.

받아 든 박도를 도집에서 꺼내어 들자 도의 날이 달빛을 머금었다.

대라혈신은 자신의 박도를 든 채로 이리저리 살폈다.

박도는 길고 폭이 넓은 도로, 나무로 된 손잡이에 커다란 날이 달려 있는 형상이다.

종류에 따라 조금 다르긴 하지만 대라혈신이 지닌 박도는 날이 크고 무거워 양손으로 잡고 휘둘러도 될 정도의 무기였다.

그리고 이 박도는 사사혈교의 상징적인 무기이기도 했

다.

쉽사리 자를 수 없는 특별한 나무로 만든 손잡이를 지닌 이 박도는 혈정도(血晶刀)라는 이름을 지닌 교주만이 사용을 허락받은 신병이기였다.

혈정도의 상태를 살피던 대라혈신이 고개를 끄덕이며 중얼거렸다.

"상태는 괜찮은 거 같긴 한데……."

겉으로 보기엔 잘 손질이 된 것 같긴 하지만 중요한 일전을 앞두고 있다 보니 그 상태가 궁금했다. 대라혈신의 시선이 경이로운 눈빛으로 혈정도를 바라보는 중년 사내에게로 향했다.

망설임은 없었다.

스팟!

혈정도를 갑자기 치켜든 대라혈신은 곧바로 그것을 눈앞에 무공도 모르는 수하의 어깨에 강하게 박아 넣었다.

으드득.

어깨부터 박히기 시작한 혈정도는 곧바로 배를 뚫고 나왔다.

단 일격에 뼈가 으스러지며 혈정도에 당한 수하의 입에서 피가 터져 나왔다. 동시에 뚫려 버린 배에서는 몸 안의 장기가 쏟아졌다.

혁련휘를 발견해 내는 공로를 세운 오늘을 자신의 인생에서 최고의 기회가 생기는 날이 될 거라 생각했던 그.

허나 그런 그의 바람과는 다르게 오늘은 사내에게 최악의 날이었던 모양이다.

아무렇지 않게 수하의 몸에 박아 넣었던 자신의 혈정도를 뽑아 든 대라혈신은 가볍게 피를 털었다. 그가 만족스럽다는 듯 고개를 끄덕였다.

"좋군."

피를 쏟으며 죽어 있는 수하에게 슬쩍 시선을 준 대라혈신이 혈정도를 손질해 가지고 온 자에게 명령을 내렸다.

"시체는 처리하고."

"예, 알겠습니다."

품에 있는 천으로 혈정도에 묻은 나머지 피를 깨끗하게 닦아 내며 대라혈신이 입을 열었다.

"역시 상태를 확인하기엔 인간만 한 게 없지."

혈정도가 잘 손질됐나를 확인하기 위해 아무렇지 않게 수하를 죽여 버리는 교주 대라혈신.

그런 그의 악마와도 같은 모습을 봤음에도 불구하고 나무 위에 서 있는 사막야차들은 별다른 동요를 보이지 않았다.

무수히 많이 봐 왔던 일이었기에 놀랄 종류의 것도 아니었으니까.

혈정도를 도집에 밀어 넣은 대라혈신이 자신의 무기에게 말을 걸듯이 속삭였다.

"조금만 기다리거라. 곧…… 귀하신 마교의 핏줄을 맛보게 될 테니."

*　　*　　*

중년 사내가 대라혈신에게 죽은 그 무렵.

그의 안내대로 움직인 혁련휘 일행은 곧 마을에 도달할 수 있었다.

마을은 그리 크지 않았지만 산의 입구에 위치한 탓에 손님들이 제법 오가는 모양이었다.

자그마한 마을답지 않게 객잔 같은 쉴 만한 곳도 몇 곳 있었고, 또 여행하면서 필요한 물품들을 파는 가게들도 가득했다.

물론 시간이 늦은 탓에 지금은 모두 닫아 있는 상태였지만 말이다.

너무 늦은 한밤중에 도착했기에 숙박을 할 만한 곳도 대부분이 불이 꺼진 상태였고, 그나마 유일하게 있는 제일 커다란 객잔만이 아직도 빛을 뿜어내고 있었다.

간단한 식사도 할 생각이었기에 일행들은 자연스레 그 객잔으로 쉴 곳을 정하고 움직였다.

마구간에 들러 말을 묶어 둔 일행은 곧바로 객잔 안으로 들어갔다.

객잔 안은 텅 비어 있었다.

입구에 앉아 꾸벅거리며 졸던 젊은 점소이 한 명이 인기척을 느끼고는 퍼뜩 정신을 차렸다. 그가 눈을 비비며 자리에서 일어났다.

그런 점소이를 향해 환야가 말을 내뱉었다.

"식사랑 방 준비해 줄 수 있어?"

"물론이죠. 음식은 뭐가 되는지 확인해 봐야겠지만 방은 충분히 남습니다."

점소이의 대답을 들은 환야가 고개를 돌려 혁련휘를 바라봤다.

"그렇다는데 어떻게 할까요, 대장."

"밤도 늦어서 다른 곳도 찾기 힘들어 보이는데 여기서 쉬지."

혁련휘의 승낙이 떨어지자 그제야 일행은 가까이 있는 곳에 가서 자리할 수 있었다.

둥그런 탁자에 둘러앉은 그들은 옆에다가 짐을 내려놓았다.

자신의 팔과 다리를 마구 주무르며 부의민이 죽는소리를 해 댔다.

"아이고 삭신이야."

피곤하다는 듯이 두 눈을 힘겹게 끔뻑거리는 그와 달리 비설과 달치는 신이 나 있었다. 방금 전까지 졸리다며 노래를 부르던 달치도 식사를 할 수 있다는 생각에 무척이나 기분 좋아 보였다.

비설과 달치가 서로 신이 나서 말했다.

"아저씨, 뭐 먹을래요?"

"달치 고기 먹을 거다. 달치 고기 좋다."

들뜬 목소리로 소리치는 달치를 향해 막 주방으로 들어간 점소이가 찬물을 끼얹었다.

"고기는 다 떨어져서 안 됩니다."

"……."

그 한마디에 달치는 울상이 되어 버렸고, 비설 또한 내심 아쉽긴 했지만 그녀에겐 그래도 최후의 보루가 남아 있었다.

비설이 달치를 다독이며 말했다.

"너무 상심하지 말아요, 아저씨. 만두 안에도 고기는 들었으니까 그걸로……."

"만두도 안 됩니다."

연이어 들려오는 점소이의 목소리에 비설이 충격을 받은 듯한 표정으로 중얼거렸다.

"마, 만두도 안 되는 객잔이 어디 있어요?"

"재료도 별로 없고, 주방장님은 이미 집에 가셨거든요. 그래서 제가 할 수 있는 것만 가능합니다."

주방에서 걸어 나오며 내뱉는 점소이의 말에 비설이 울상이 된 채로 물었다.

"그럼 되는 게 뭐가 있는데요?"

"음…… 소면?"

"그게 끝이에요?"

"네, 제가 할 줄 아는 건 그게 다라서요."

소면밖에 안 된다는 말을 내뱉는 점소이를 바라보는 일행의 표정은 모두 경악스러움에 가까웠다. 며칠이고 제대로 된 식사도 못 하며 이곳까지 왔다.

운 좋게 마을에 들렀으니 그나마 사람다운 식사 한번 해보나 했거늘…….

모두가 괴로워하고 있는 상황에 유일하게 아무렇지 않은 혁련휘가 태연하게 말했다.

"그거면 되겠군."

평소에도 소면 같은 간단한 음식으로만 식사를 때우는 혁련휘에겐 별 대수롭지 않은 일이었다. 그에 반해 근사한 식사를 기대했던 다른 이들은 깊은 한숨들을 내쉬었다.

그렇지만 주방장도 없고, 재료도 없다는데 다른 특별한 음식들을 기대할 수 없는 상황인 건 확실했다.

소면이라도 삶아서 오겠다며 점소이는 주방으로 걸어 들어갔고, 결국 모두가 자포자기한 얼굴로 의자에 기대어 앉아 멍하니 천장만 올려다봤다.

다섯 그릇의 소면이 나오는 데는 그리 오랜 시간이 걸리지 않았다.

각자의 앞에 놓인 소면을 바라보던 일행들은 입맛을 다시며 식사를 시작했다.

간단한 음식이었지만 그래도 마른고기나 질겅거리며 씹어 대던 것보다는 그나마 나았는지 모두의 표정이 한결 나아졌다.

대충 식사를 때우자 비설이 물었다.

"형님, 내일 언제 출발하실 거예요?"

"일찍."

"그래도 아침 정도는 먹고 갈 수 있겠죠?"

비설이 이런 말을 꺼낸 의도는 뻔했다. 며칠 동안 못 먹은 만두를 신나게 먹고 싶은 모양이다. 잠시 아무런 말도 안 하는 혁련휘에게 모두의 시선이 집중됐다.

그리고 이내 혁련휘는 작게 고개를 끄덕였다.

"그러지."

"아싸!"

비설은 신이 난다는 듯 소리쳤다.

그런 그녀를 바라보던 혁련휘가 천천히 자리에서 일어났다.

"많이 늦었으니 들어가서들 쉬어. 떠나기 전에 필요한 물품들도 사야 하니 바삐 움직여야 할 거다."

"예, 대장. 저희도 곧 올라가서 쉴 테니 먼저 주무시지요."

환야의 말에 혁련휘는 그러라는 듯 고개를 끄덕이고는 점소이의 안내를 받아 객잔 이 층으로 올라갔다. 방에 들어간 혁련휘는 곧바로 짐을 풀고 침상에 걸터앉았다.

혁련휘는 침상에 앉은 채로 창을 통해 바깥의 밤하늘을 응시했다.

'절반 정도 온 건가.'

마교로 돌아간다는 건 혁련휘에게 많은 의미를 주고 있었다.

혁리원을 보기 위해 잠깐 잠입했던 걸 제하고는 십수 년 만의 귀환이다.

'환영받지 못하겠지.'

자신이 돌아온다는 사실에 아마도 많은 이들이 골치를

아파할 것이다. 십수 년 전 자신을 죽이는 일에 참여했던 대부분의 자들은 아직도 마교의 수뇌부에 자리하고 있다.

그런 그들이 자신의 등장을 반길 리 없다.

하지만 상관없었다.

애초부터 환영받고자 마교로 돌아가는 건 아니었으니까.

혁련휘가 신경 쓰는 건 바로 그 칠대천의 위에 있을지도 모른다는 그들의 존재.

자신이 돌아간다는 사실을 이미 단노백을 통해 마교에 보고하게 했다.

정말로 그토록 큰 힘을 지닌 자들이라면 그런 사실을 모르지는 않을 터.

'어떻게 나올 생각이냐.'

음지에서 움직이는 자들이다. 아마도 자신이 마교에 간다 해도 정면으로 모습을 드러내며 위협을 가하지는 않을 것이다.

지금처럼 모습을 감춘 채로 천천히 숨통을 조여 올 가능성이 크다.

그렇게 숨어서 움직이는 그들을 끌어내야 한다.

아직 방도까지 확실하게 잡은 건 아니지만 어떻게든 그들이 나오지 않고서는 못 배기게 만들어야만 했다.

그러기 위해서는 얼마든지 표적이 되어 줄 것이고, 또 얼마든지 싸워 줄 생각이다.

그리고 결국엔 후회하게 만들어 줄 것이다.

자신의 동생을 건드렸다는 것을.

밤하늘을 바라보며 상념에 잠겼던 혁련휘가 침상에 누웠다.

그가 막 이불을 덮고 눈을 감은 채로 잠에 빠져들려고 할 때였다.

끼이익.

문이 열리는 소리에 막 잠에 들려던 혁련휘의 정신이 돌아왔다.

그리고 그 순간 들려온 목소리.

"형님, 주무세요?"

비설이었다.

혁련휘는 눈을 감은 채로 짧게 말했다.

"아니."

"아, 혹시나 주무시는 중인데 제가 깨우면 어떻게 하나 걱정했는데 다행이에요."

말과 함께 비설의 걸음걸이가 느껴졌다. 혁련휘가 눈을 뜬 채로 방 안으로 슬그머니 들어오는 비설을 바라봤다.

그녀는 까치발을 한 채로 최대한 소리 없이 걷고 있었다.

그렇게 방 안으로 들어온 비설이 슬그머니 혁련휘의 침

상 옆에 있는 바닥에 짐을 내려놓고는 은근슬쩍 그곳에 누우려 들었다.

갑작스러운 비설의 행동에 혁련휘가 침상에서 반쯤 몸을 일으켜 세우고는 바닥에 누우려는 그녀를 내려다봤다.

비설은 어둠 속에서 자신을 응시하는 혁련휘의 눈빛을 눈치채고는 어색하니 웃었다.

혁련휘가 물었다.

"지금 거기서 뭐하냐?"

"자려고요."

"아니, 그러니까 왜 내 방에서 자려 하냐고."

혁련휘의 말에 비설이 대충 이곳에 오게 된 상황을 설명했다.

"사실 이 객잔에 방이 세 개밖에 없더라고요."

"그런데?"

"하나는 형님이 쓰셨으니, 나머지 방을 둘씩 쓰자는데…… 제가 행색은 이래도 어떻게 남자랑 막 같이 방을 쓰겠어요."

담담하니 상황을 설명한 비설은 이제 이해가 됐냐는 듯이 바닥에 누웠다.

그렇지만 그런 그녀를 위에서 내려다보던 혁련휘가 기가 차다는 듯 말했다.

"그럼 난?"

"네?"

"난 남자 아니야?"

혁련휘의 그 한마디에 비설은 일순 말문이 막혔다.

맞다.

혁련휘는 분명 남자고, 지금 같이 움직이는 이들 중에서 가장 빼어난 미남이기도 했다. 그런데 이상하게도 다른 남자와는 같을 방을 쓴다는 건 거부감이 먼저 밀려드는데 혁련휘는 아니다.

남녀가 같은 방을 쓰게 되면 불편한 게 당연한데 싫다는 생각보다는 좋다는 생각이 먼저 드는 유일한 상대였으니까.

그런 자신의 마음을 설명할 수 없었기에 비설은 서둘러 핑계를 내뱉었다.

"형님하고는 학관에서부터 쭉 같이 방을 써서 그나마 편해서 그러죠."

"그런 것까지 신경 쓰는 성격인지는 몰랐군. 처음부터 막 들이대서."

"에이, 절 뭐로 보시는 거예요. 아무리 그래도 남자랑 막 같은 방은 안 쓴다고요. 형님만 예외인 거죠."

비설의 말을 들은 혁련휘가 묘한 표정으로 되물었다.

"……나하고만 한방을 쓴다 이 말인가?"

"그렇죠."

혁련휘는 이 말을 어떻게 이해해야 할지 고민에 빠졌다.

하지만 고민은 길어지지 않았다. 아무런 말도 없는 자신을 향해 비설이 눈치를 살피고 있는 걸 알아차린 탓이다.

혁련휘가 짧은 한숨과 함께 말을 돌렸다.

"전부터 물어보려 했는데 넌 어쩔 생각이야?"

"뭘요?"

"마교에도 그 모습으로 들어갈 생각인가 묻는 거야."

비설은 그제야 혁련휘가 말하고자 하는 걸 알아차렸다.

학관을 나왔는데 계속해서 남자의 모습을 하고 다닐 거냐 묻는 것이다.

혁련휘가 물어본 건 비설 또한 고민했던 문제다.

남장을 하고 다니는 만큼 귀찮아지는 부분들도 반드시 존재하긴 하겠지만…….

비설은 고개를 끄덕였다.

"네, 계속 남장을 하고 있으려고요."

"왜?"

"애초에 학관에 남자 모습으로 들어갔었는데, 이제 와서 여자로 마교에 들어간다는 것도 나중에 혹여나 문제가 될 것도 같고요. 그리고 본래 모습으로 다니면 아무래도 더 주

목받잖아요. 그래서 그냥 쭉 남장을 한 채로 지내기로 정했어요."

혁련휘 또한 비설의 말에 동조하는 빛을 내비쳤다.

사내 모습을 하고 있을 때도 눈에 띄긴 하지만 본래의 여자로 돌아갔을 때에 비하면 새 발의 피다. 여인인 그녀는 너무나 아름다웠고, 그런 미녀라면 모두의 눈에 띌 수밖에 없다.

혁련휘는 끄덕거리며 말했다.

"일리는 있군."

그렇게 하라는 듯이 말을 내뱉는 혁련휘를 향해 비설이 조심스럽게 말을 걸었다.

"저 그리고 형님. 혹시나 제가 이런 상황마다 형님 방으로 찾아오는 게 너무 불편하시면 말씀 주세요."

생각지도 못한 비설의 말에 혁련휘가 되물었다.

"왜?"

"제 사정 봐주시고 마교까지 데려가 주시는 형님인데 계속 폐를 끼칠 순 없죠."

"그럼 어쩔 생각인데?"

"좀 불편하긴 하겠지만…… 달치 아저씨랑 같은 방 써야죠. 어쩌겠어요."

비설은 그나마 생각한 묘책을 꺼냈다.

환야나 부의민에 비해서는 달치가 그나마 낫지 않을까 하는 생각이 들어서다.

그렇지만 그런 비설의 말을 듣고 있던 혁련휘는 대답 대신 자신이 덮고 있는 이불을 손으로 잡아서 그녀에게로 툭 던졌다.

혁련휘가 평소처럼 퉁명스레 말했다.

"시끄럽고, 이거나 써."

"어? 형님은 이불 없으셔도 돼요?"

"여름이라 상관없어."

"그래요? 그럼 저야 감사하죠. 마침 바닥이 좀 딱딱했는데."

자리에서 일어나 바닥에 이불을 깔고 있는 비설을 어둠 속에서 응시하던 혁련휘가 이내 머뭇거리다 입을 열었다.

"……와."

"네? 뭐라고 하셨어요?"

되묻는 비설을 향해 혁련휘가 미간을 찡그린 채로 힘겹게 말을 이었다.

"이런 상황이 생기면 다른 데 가지 말고 내 방으로 오라고."

"앗, 약속하셨어요? 나중에 말 바꾸기 없어요."

비설은 신이 난 듯이 웃었다.

그녀는 이곳에 있는 그 누구보다도 혁련휘와 함께하고 싶었으니까.

좋아하는 비설의 모습을 보고 있는 혁련휘의 마음은 복잡했다.

성격상 누군가와 같이 있는 것보다 혼자 있는 걸 즐기는 혁련휘다. 자기들끼리 알아서 방을 쓰게 둔다면 편할 것을…….

스스로 말하고도 이유를 모르겠다.

왜 그걸 그냥 두고 보지 못하고 자신의 방으로 오라고 했는지를.

자신이 아닌 다른 사내와 같은 방을 쓴다는 게 뭐 그리 맘에 안 드는지도.

그런 혁련휘의 속내도 모른 채로 비설은 계속해서 웃으며 그를 바라보고 있었다.

그때였다.

눈앞에서 웃고 있던 비설의 얼굴이 갑자기 흐릿하게 변했다. 갑작스러운 상황에 혁련휘는 눈을 감았다가 떴다.

그렇지만 눈앞의 현실은 변하지 않았다.

비설의 모습이 점점 흐릿하게 변했고, 그건 그녀 또한 마찬가지였던 모양이다.

"어? 형님?"

비설의 목소리가 들렸다.

그렇지만 그녀의 목소리는 점점 멀어지고 있었다.

당황한 비설의 얼굴이 눈에 들어오는 것과 동시에 객잔의 방에 천천히 짙은 안개가 밀려들고 있었다.

혁련휘는 급히 지척에 있는 비설을 향해 손을 뻗었지만 허공만을 가를 뿐이었다.

빈 허공을 움켜쥐었던 혁련휘가 침상에서 천천히 일어났다.

안개가 마치 몸을 감싸듯 타고 올라온다. 동시에 주변의 모든 사물들이 모습을 감춘다.

현실적이지 않은 상황. 그랬기에 혁련휘는 지금 무슨 일이 벌어지고 있는지를 직감할 수 있었다.

'진법인가.'

혁련휘가 팔짱을 낀 채로 나지막이 중얼거렸다.

"당했군."

주변을 덮은 안개가 점점 짙어져 가고 있었다.

8장. 안개 속의 적

— 누구세요

짙어져 가는 안개에 휩싸인 혁련휘는 지금 자신이 있는 이 공간 자체가 일그러지고 있다는 사실을 느끼고 있었다.

'언제부터였지.'

주변에서 진법이 펼쳐지는 걸 혁련휘는 눈치채지 못했다.

진법은 다양하다.

사람을 단순히 가두는 선에서 끝나는 진법이 있다면, 목숨을 빼앗을 정도로 치명적인 변화를 선보이는 진법도 있다.

자그마한 돌멩이 하나로도, 수천 개의 커다란 나무 같은 걸 이용해서도 만들 수 있는 게 진법이다.

그리고 아무래도 손을 많이 쓰는 진법일수록 그 파훼법

이 복잡하고, 위험한 경우가 많다. 피어오르는 안개를 응시하는 혁련휘는 지금이 바로 그 경우라는 걸 느끼고 있었다.

'간단하게 만든 진법이 아니야. 복잡하고…… 치밀하군.'

진법은 생로와 사로가 있다.

살 수 있는 길과 죽음으로 이르는 길. 물론 그것 또한 진법에 따라, 또 그걸 변형시키는 것에 따라 무수히 많은 변화와 다양성을 지니지만 결국 따지고 보면 두 가지다.

살거나 죽거나.

혁련휘는 안개 속에서 진법에 빠져 버린 지금의 이 순간이 있기까지의 일을 곱씹었다.

딱히 어딘가 의심스러웠던 걸 보거나 당한 건 없었지만…….

결국 혁련휘는 답을 찾아냈다.

'마을 자체에 진법이 준비되어 있었던 건가?'

늦은 시간에 절묘하게 만나 길 안내를 해 줬던 사내를 떠올리는 순간 혁련휘는 얼추 상황을 파악할 수 있었다.

그리고 동시에 드는 의문은 하나였다.

대체 누구인가?

누가 자신들을 노리고 이 같은 진법을 준비한 것일까. 혹시나 하는 생각에 혁련휘가 살짝 표정을 굳혔다.

혁리원에게까지 손을 뻗었던 그 정체불명의 자들이라면?

정말 그들이 손을 쓴 거라면 혁련휘의 예상은 틀렸던 것이 된다.

방금 전까지만 해도 그들은 음지에 숨어 자신에게 손을 쓸 거라 여기지 않았던가.

그들이 나선 것일지도 모른다는 가능성은 배제할 순 없었지만…… 아닐 확률이 더 크다고 혁련휘는 판단했다.

정말 그들이었다면 굳이 이렇게 번거롭게 하지도 않았을 것이다.

학관에 있던 소교주마저도 죽게 한 자들이다. 혁련휘를 죽일 생각이었다면 아마도 학관에서 노렸을 공산이 크다.

굳이 이렇게 나오기를 기다렸다가 뒤를 친다는 건 왠지 그들답지 않다는 생각이 들었다.

잠시 상황을 파악하는 사이 안개는 어느덧 목을 지나 얼굴을 감싸려고 하고 있었다.

혁련휘가 짙어지는 안개 속에서 내력을 끌어 올렸다.

후욱!

안개가 바람에 밀려난 것처럼 혁련휘의 몸 주변에서 팍 하고 터지듯이 쓸려 나갔다.

안개가 가득한 공간.

하지만 그 안에서 혁련휘의 시선이 어딘가로 향했다. 정면의 한곳을 바라보던 혁련휘의 입이 서서히 열렸다.

"언제까지 숨어서 지켜볼 생각이지?"

안개 너머를 향해 차가운 목소리를 내뱉는 혁련휘에게 놀랍게도 누군가의 목소리가 되돌아왔다.

"크, 크크크! 재미있군. 내가 있는 걸 알아차릴 줄이야."

여전히 안개에 감싸여 있는 정체불명의 괴한의 모습은 보이지 않았다.

그렇지만 혁련휘는 전혀 흔들림 없이 말을 이어 나갔다.

"그렇게 살기를 마구 뿜어내면서 숨어 있는데 못 알아볼 리가 있나."

혁련휘의 말에 정체불명의 괴한은 잠시 침묵했다.

바깥이었다면 모를까 이곳은 진법의 안이다. 그 모든 걸 자신의 마음대로 할 수 있는 공간. 그곳에서 자신의 살기를 느꼈다는 건 그리 간단한 문제가 아니었다.

혁련휘가 그런 상대를 향해 재차 말했다.

"이 안개 네 짓이냐?"

앞을 확인하기 힘들 정도의 짙은 안개.

그 안개 너머의 상대가 비웃음과 함께 대꾸했다.

"왜? 한 치 앞도 볼 수 없으니 겁이라도 나는 모양이군."

"겁이 날 게 있나. 안개 뒤에 숨어서밖에 모습을 드러내지 못하는 한심한 놈인데."

"그따위 도발이 먹힐 거라 생각하느냐?"

괴한은 생각했다.

안개 뒤에 있는 자신을 찾을 수 없기에 일부러 도발해서 모습을 드러내게 만들려는 속셈일 거라고.

하지만 틀렸다.

혁련휘가 천천히 손을 뻗어 안개 속으로 자신의 손을 집어넣었다.

밀려오던 안개가 다시금 혁련휘의 기운에 막혀 멈추어 섰다.

바로 그 순간이었다.

"그럼 어디 얼굴이나 한번 볼까."

말과 함께 혁련휘의 손바닥을 주변으로 자그마한 반딧불 같은 뭔가가 빠른 속도로 회전했다. 그리고 이내 그 자그마한 기운은 상상도 하기 힘들 정도로 불어났다.

푸아아아아악!

거친 바람이 폭발하듯 혁련휘의 손을 기준으로 퍼져 나갔다.

풍신의 기운을 이용해 끌어낸 바람이 순식간에 주변의 안개를 밀어젖혔다.

안개가 폭풍에 휩쓸리듯 무시무시한 속도로 밀려 나갔다.

커다란 바람이 한번 몰아친 이후 찾아온 잠시의 정적. 그리고 그 정적을 사이에 두고 두 사내가 서로를 마주하고 있었다.

혁련휘가 새카만 공간 안에 나란히 있는 상대를 바라봤다.

눈앞에 있는 상대.

그는 바로 사사혈교의 교주 대라혈신이었다. 그는 갑자기 벌어진 지금 이 상황에 너무 놀라 그저 눈을 크게 치켜뜬 채로 혁련휘를 바라만 보고 있었다.

바람으로 인해 엉클어진 머리카락을 가볍게 손으로 쓸어올리며 혁련휘가 대라혈신을 바라봤다.

잠시 놀라 있던 대라혈신은 곧 정신을 차렸다. 그가 이제야 이해가 간다는 듯이 말했다.

"너 같은 새파랗게 어린놈에게 왜 사막혈신과 백귀야녀가 당했나 했더니…… 요상한 재주를 익혔구나."

생각지도 못한 별호를 들은 혁련휘는 그제야 이 자의 정체를 알 수 있었다. 혁리원의 죽음과 관련된 자가 아닐 거라 어렴풋이 짐작은 하고 있었지만 말을 듣는 순간 확신이 생겼다.

이자는 예상대로 그들과 관련된 자가 아니다.

사막혈신이 몸담고 있었던 사사혈교.

그곳에서 나온 자가 분명했다. 그리고 예상대로 사사혈교를 상징하는 팔등에 있는 검은 뱀 문신을 확인할 수 있었다.

혁련휘가 입을 열었다.

"내 앞을 사사혈교가 막을 거라고는 생각도 못 했는데 말이야."

"왜? 겁이라도 나는가 보지?"

"그럴 리가. 고작 사사혈교 따위에게 겁을 먹을 필요가 있나?"

혁련휘의 도발에 대라혈신이 어처구니없다는 듯한 표정을 지어 보였다. 그가 자신의 손등을 들어 올리며 혁련휘에게 보라는 듯이 말했다.

"검은 뱀 문신 보여? 뭔가 좀 특이하다는 생각 안 드나?"

대라혈신의 말대로 손등에 있는 검은 뱀 문신이 여태까지 봐 왔던 사사혈교의 무인들과 조금 달랐다. 혁련휘가 별다른 대꾸도 하지 않자 답답한 대라혈신이 먼저 말을 이었다.

"두 마리의 뱀, 이 문신을 할 수 있는 건 사사혈교에서 오직 나 하나뿐이지. 내가 누군지 이제 좀 감이 오나?"

"네가 교주라도 되나 보군."

조금이라도 겁을 먹거나 긴장하는 기색은 보일 거라 생각했다.

그런데 아니다.

혁련휘는 정확하게 대라혈신의 정체를 파악하고 있으면서도 전혀 주눅 드는 모습을 보이지 않았다.

오히려 혁련휘는 다른 것에 대해 물었다.

"그런데 백귀야녀? 내 기억에 그곳에 그런 여자는 없었는데."

"이제 와서 발뺌을 할 속셈이냐? 목숨을 구걸하려면 제대로 해야지. 그런 식으로 한다고 해서 내가 속아 넘어갈 거라 생각했더냐."

혁련휘가 거짓말을 한다 생각하는 대라혈신이었지만, 그가 말하는 건 사실이었다.

혁련휘는 백귀야녀를 보지도 못했다.

당연한 일이다.

백귀야녀를 제거한 건 다름 아닌 비설이었으니까.

사사혈교와의 싸움이 있은 직후 비밀리에 뒤를 쫓다가 독을 풀려던 백귀야녀를 비설이 아무도 모르게 쓰러트린 탓에 혁련휘는 그녀에 대해 전혀 알지 못하는 것이다.

혁련휘는 진실을 말했지만 대라혈신은 그 이야기를 귀담아듣지 않았다.

사막혈신과 백귀야녀의 복수를 위해 움직인 거긴 하지만 사실 그 이면에는 더 큰 원한이 숨겨져 있었다.

그 둘의 원수를 갚는다는 건 어쩌면 핑계일지도 모른다.

대라혈신이 혁련휘를 죽이려는 가장 큰 이유, 그건 바로 마교 교주인 혁무조 때문이었으니까.

아주 오래전 대라혈신은 혁무조에게 씻을 수 없는 치욕

을 당했다.

혁무조와의 싸움.

나름 새외에서 이름을 날리던 그는 자신의 실력을 믿었다.

그렇지만 혁무조와의 싸움에서 대라혈신은 자신이 얼마나 초라한 존재인지 알고야 말았다.

혁무조의 손조차 꺼내게 하지 못했다.

그는 소매에 손을 넣은 채로 그저 두 발만으로 대라혈신을 가지고 놀았다.

대라혈신의 도는 혁무조의 옷깃조차 베지 못했고, 그의 발은 자신의 전신을 짓밟았다. 당시 느꼈던 그 굴욕이 대라혈신을 평생 괴롭혀 왔다.

그러던 중 마침내 그 분노가 드디어 임자를 찾은 것이다.

'혁무조의 핏줄.'

그의 아들이라면 죽이기에 충분한 가치가 있지 않겠는가!

드디어 그 오랜 한을 풀 수 있다는 생각에 대라혈신의 얼굴에는 자신도 모르게 살기 어린 웃음이 감돌았다.

대라혈신은 눈앞에 있는 혁련휘에게 불쌍하다는 듯이 말했다.

"네놈 아비한테 갚아야 할 빚이 있거든. 뭐 당사자는 다 죽어 간다고 하니 이제 와서 그걸 본인에게 갚기도 뭐하고…… 그러니 그 죗값을 아들놈이 대신 받아야겠지? 너무

원망은 말거라. 다 네놈 아비의 업보로 인해 벌어지는 일이니."

너무 억울해 말라는 듯이 말하는 대라혈신을 향해 혁련휘가 툭 말을 던졌다.

"겁이 나는 건 아니고?"

"……뭐?"

"죽어 간다고 해도 그자를 이길 자신이 없는 거겠지. 아닌가?"

혁련휘의 그 한마디에 대라혈신은 입술이 파르르 떨렸다.

그가 눈을 매섭게 치켜뜬 채로 경고했다.

"……닥쳐."

"당해도 된통 당한 모양이네? 벌써부터 오금이 저린 것처럼 덜덜 떨어 대는 걸 보니."

"닥치라고 했다!"

고함과 함께 벼락처럼 그의 허리춤에 있는 혈정도가 뽑혀져 나왔다.

동시에 도에 맺힌 도기 수십 개가 채찍처럼 휘어지며 쏟아졌다.

쿠콰콰콰쾅!

주변이 터져 나가며 검은 공간 자체가 흔들렸다.

엄청난 파괴력을 지닌 도기가 쏟아져 나왔지만 목표했던

혁련휘는 멀쩡했다.

그는 다시금 밀려들려 하는 안개를 소매로 가볍게 휘저으며 시야를 밝혔다.

그런 혁련휘를 향해 대라혈신이 소리쳤다.

"새외칠귀(塞外七鬼) 중 하나가 바로 나다! 그런 나에게 네깟 놈이 감히 입을 놀려?"

새외에는 수많은 세력들이 존재하고 있다.

그리고 그들을 대표하는 가장 강한 이들을 가리켜 새외사천왕(塞外四天王)이라 부른다. 그리고 그 네 명을 제한 이후 손꼽히는 강자들.

새외에 사는 일곱 명의 귀신이라는 뜻에서 새외칠귀라 불리는 자들이다.

여전히 대라혈신이 흥분한 목소리로 말을 이어 나갔다.

"정말 대단한 핏줄이구나. 네 아비나, 네놈이나 사람의 속을 긁는 건 아주 타고났어. 내 반드시 네놈의 혀를 뽑아 아비인 혁무조에게 보내 주마."

"글쎄…… 그자를 화나게 할 생각으로 날 노린 거라면 넌 실수했어. 나와 그자는 남보다 못한 사이거든."

자신을 죽이려 하던 이들에게 혁련휘를 버렸던 그 날부터 그는 더 이상 아버지가 아니었다. 그리고 혁무조 또한 자신을 마찬가지로 여기고 있을 거라 혁련휘는 그리 생각했다.

혁련휘는 허리춤에 있는 파멸혼에 손을 가져다 댔다.

연을 끊은 혁무조와 대라혈신 사이에 무슨 일이 있었는지는 궁금하지 않다.

그가 자신을 죽이겠다고 나섰고, 또 길을 막은 적이라는 게 중요할 뿐이다.

혁련휘가 대라혈신의 성질을 건드릴 요량으로 도발적으로 말했다.

"그 사람한테 받을 빚이 있다고 했는데 어쩌나. 나한테도 곧 그 빚이라는 게 생길 것 같은데 말이야. 하지만 원한은 그리 길게 가지지 않아도 될 거야. 난 그와 다르게 널 살려 두지 않을 테니까."

말과 함께 혁련휘가 파멸혼을 조금씩 뽑아 들었다. 그리고 이내 파멸혼을 완전히 꺼낸 혁련휘가 아직까지 멀찍이 서 있기만 한 대라혈신에게 말했다.

"죽이겠다며? 언제까지 그러고 있을 생각이야."

"그리 안달하지 않아도 네놈의 목을 잘라서 가져갈 테니 걱정하지 말거라."

"입으로만 싸울 거야? 며칠 동안 제대로 못 쉬어서 피곤하거든. 빨리 끝내고 좀 자자."

혁련휘는 이 싸움을 빠르게 마무리 짓고 싶었다.

허나 대라혈신의 생각은 조금 달랐다.

"죽여 준다니까? 하지만…… 그냥 너부터 죽이는 건 재미없잖아?"

처음부터 혁련휘를 편히 죽일 생각은 없었다.

그를 죽이지 않고 반쯤 망가트린 채로 끌고 갈 생각이었다.

그리고 그 전에 해야 할 것들이 있었으니, 다름 아닌 혁련휘의 수족들을 쳐 내는 일이었다.

그들을 모두 죽이고 혁련휘는 산 채로 끌고 간다.

혁무조에게 당했던 모멸감이 지워질 때까지 혁련휘를 고문하고, 또 고문할 생각이었다.

대라혈신이 자신의 계획을 밝혔다.

"네놈이 이 진법에 갇혀 허우적거리는 틈에 내가 직접 내 수하들을 이끌고 너의 수족들부터 하나씩 죽일 생각이다. 가장 먼저 죽일 놈은…… 아, 네 옆에 있다가 동시에 진법에 빨려 들었던 그 녀석이 좋겠군."

대라혈신이 말하는 게 누구인지 혁련휘는 곧바로 알 수 있었다.

같은 방에 있었던 건 비설, 그녀 하나뿐이었으니까.

혁련휘는 최대한 태연한 표정을 유지하려 했다.

그렇지만 속내까지 그런 건 아니었다.

비설이 강한 건 알고 있다. 달치의 일격을 허용하고도 멀쩡하게 살아서 움직이던 것도 기억하고 있다. 그렇지만 상대가 좋지 않다.

아무것도 아닌 것처럼 대하고 있지만 대라혈신은 새외칠귀의 하나다.

새외칠귀라면 예전 정파가 온전했을 때로 치면 구파일방의 장문인급은 된다는 소리다.

비설이 과연 장문인급의 고수를 홀로 감당해 낼 수 있을까?

더군다나 대라혈신은 혼자가 아니었다.

장문인급의 인물과 그를 따르는 고수들이라면…….

혁련휘가 대라혈신을 향해 말했다.

“경고하지. 시간 아깝게 다른 사람 건드리지 말고…….”

“조급한가 보지?”

픽 웃으며 내뱉는 대라혈신의 한마디.

혁련휘가 다소 높아진 목소리로 재차 말했다.

“그 녀석의 손끝 하나라도 건드리면…… 넌 죽어.”

“그래? 그거 재밌겠군.”

비웃듯이 대꾸하는 그 순간 갑자기 대라혈신의 몸이 아지랑이처럼 일그러졌다. 아주 찰나의 변화였지만 혁련휘는 놓치지 않았다.

파앗!

혁련휘의 손이 움직였다.

그의 손에서 발현된 뇌기가 강렬한 빛과 함께 대라혈신에게 쏘아졌다.

하지만 그 뇌기가 목표에 도달하는 순간 대라혈신의 모습이 사라졌다.

콰앙!

뇌기로 인해 공간이 흔들렸다. 그렇지만 이미 그곳엔 대라혈신이 없었다.

사라졌다.

그는 이미 진법에서 빠져나간 것이다.

"젠장!"

혁련휘가 평소답지 않게 크게 소리쳤다. 그가 입술을 깨물며 주변을 둘러봤다.

주어진 시간이 그리 길지 않다.

지금 자신은 진법에 갇힌 꼴이 되어 버렸다.

그저 새카맣기만 한 공간.

그리고 밀어냈던 안개는 틈만 나면 다시금 다가오고 있다.

'깨야 한다.'

마을 하나를 통째로 이용해 만든 진법.

깨는 게 쉽지 않을 거라는 건 알지만…….

혁련휘는 눈을 감았다. 그리고 동시에 그의 몸에서 바람이 일기 시작했다.

바람은 천천히 어두운 공간 곳곳으로 뻗어져 나갔다.

혁련휘의 모든 감각이 사방으로 퍼져 나가며 진법을 파악하기 위해 움직이기 시작했다.

시간이 없다.

이 진법에 붙잡혀 있는 시간이 길어질수록 비설이 위험해진다.

'조금만 버텨. 어떻게든 이 진법을 깨고 나갈 테니 그때까지만…….'

혁련휘의 힘이 진법을 집어삼키기 시작했다.

*　　*　　*

"어…… 음."

비설이 애매한 듯이 혼자 중얼거리고 있었다. 갑자기 눈앞에 있던 혁련휘가 연기가 되어 사라졌다. 그리고 곧바로 자신은 정체를 알 수 없는 어딘가에 자리하고 있었다.

혁련휘와 마찬가지로 그녀 또한 곧바로 자신이 진법에 빠졌다는 걸 알아차렸다.

비설은 머리를 긁적거렸다.

"진법이라……."

전문 분야는 아니었지만 비설은 보통 무인들에 비해 진법에 대해 해박한 지식을 지니고 있었다.

어릴 때부터 각양각색의 스승들에게 수많은 것들을 배우며 길러져 온 그녀다.

그랬기에 진법에 대한 해박한 지식이 있는 스승에게 기관진식에 대해 배운 적이 있다.

그런 그녀였기에 금방 이 진법에 대해 파악할 수 있었다.

"굉장히 귀찮은 진법이네."

흔적을 남기기도 힘들게 온통 새카만 공간이다. 이런 곳에서는 자신이 어느 정도 걸었는지, 또 어느 방향으로 왔는지 감을 잡기 힘들다.

거기다가 시야를 가리는 안개까지.

비설은 품에 있는 전낭 주머니를 꺼냈다. 그러고는 그 안에서 동전 몇 개를 한 손에 쥐고는 허공으로 휙휙 던지기 시작했다.

정확하게 힘 배분을 한 채로 동전을 던져 대던 비설이 손을 멈췄다.

진법은 크게 음양오행이나, 구궁팔괘를 기본으로 한다. 동전이 날아간 거리를 재던 비설이 금방 결론을 내렸다.

"팔괘를 이용한 진법이네. 그런데 또 묘하게 꼬아 놔서 나갈 수 있는 문을 찾기 어렵게 해 놨고."

비설이 행하는 행동들.

너무 간단해 보이는 것이었지만 실상 진법에 대해 잘 아는 이들이 본다면 기겁할 행동이었다. 그저 동전을 이용해서 진법의 가장 기본이 되는 틀을 알아낸 것이다.

물론 그 기본을 알아낸다 해서 진법이라는 게 해결되는 건 아니지만, 그것만으로도 충분히 놀랄 만한 일인 건 분명했다.

비설은 호신강기를 일으킨 채로 안개 속을 걸으며 거리를 재고 있었다.

정확하게 길을 찾아내기 위해서는 조금의 오차도 있어선 안 된다.

그렇게 안개 속을 걷던 비설이 발걸음을 멈췄다.

크르르릉.

진법 안의 땅이 미세하게 흔들리고 있다.

덩달아 주변을 덮고 있던 안개가 빠른 속도로 사라져 간다.

'진법에 변화가 생기고 있어.'

뭔가 일이 생겼다는 걸 직감하는 순간 어둠 속에서 일련의 무리가 모습을 드러냈다.

야차의 형상을 한 가면을 쓴 그들의 숫자는 스무 명이 넘었다.

그리고 뒤늦게 뒤편에서 모습을 드러낸 한 사내까지…….

대라혈신과 사막야차들이었다.

흉흉해 보이는 그들의 등장에 겁을 먹어도 이상할 게 없어 보이건만…….

비설이 눈을 동그랗게 뜬 채로 물었다.

"저기…… 누구세요?"

비설의 질문에 대라혈신은 기가 막힌다는 표정을 지어 보였다.

적어도 지금 같은 상황에 할 질문은 아니라는 생각이 들었으니까.

굳이 이야기를 나눌 생각도 없었는지 대라혈신이 손을 휘휘 저었다.

신호를 받자 스무 명이 넘는 사막야차들 중에서 두 명이 무기를 꺼내 든 채로 비설에게 다가가기 시작했다.

다가오는 그들을 바라보며 비설은 입맛을 다셨다.

"좋은 관계는 아닌가 보네요."

말을 끝내며 비설은 슬그머니 손을 뒤편으로 향했다. 허리춤에 있는 자미쌍검의 양 끝에 손이 닿았다. 손을 타고 자미쌍검이 부드럽게 감겨 왔다.

두 명의 사막야차들이 거리를 좁혀 오다 갑자기 달려들

었다.

한 명은 상체, 한 명은 하체를 노리고 각자의 무기를 휘둘렀다.

단번에 몸을 세 조각을 내 버리겠다는 듯한 움직임이다.

지척까지 다가올 때까지 미동도 않던 비설의 손가락이 움직였다.

스르릉.

검이 뽑히는 것과 동시에 그녀의 발이 앞으로 한 걸음 내디뎌졌다. 그리고 손을 타고 자색의 검신이 빛을 뿌렸다.

번쩍!

검이 휘둘러지는 것과 동시에 두 명의 사막야차들이 비설을 지나쳐 가며 그대로 바닥에 고꾸라졌다.

시큰둥한 표정으로 서 있던 대라혈신의 눈동자가 빠져버리는 게 아닌가 하는 걱정이 일 정도로 커졌다.

그는 자신이 잘못 본 것이 아닌가 하는 착각이 일었다.

'저놈은 또 뭐야?'

한눈에 봐도 애송이 티가 팍팍 나는 상대다.

그런 놈에게 사사혈교 최정예들로 구성된 사막야차의 일원 두 명이 일격을 버텨 내지 못하고 쓰러졌다.

대라혈신은 혁련휘 일행에 대해 나름 파악한 게 있었다.

혁련휘와 그를 따르는 정체 모를 두 명의 수하, 그리고 학관에서 알게 된 교관 하나와 학생 하나. 그 교관과 학생은 출행에도 함께 나섰던 자들이라는 것도 알아냈다.

당연히 가장 만만한 자라 생각한 게 바로 눈앞에 있는 상대, 바로 비설이었다.

고작 환영학관의 학생이었던 놈이다.

그런 놈에게 사막야차 둘이 일격에 죽는다?

이게 말이나 되는 소리인가.

대라혈신이 물었다.

"너 환영학관의 학생이었던 놈 아니냐?"

"맞는데요."

너무 무덤덤하니 오히려 무슨 말을 해야 할지 쉬이 생각이 나지 않는다. 잠시 고민하던 대라혈신이 힘겹게 말을 이었다.

"고작 학관의 학생 놈이 이들을 죽인다고?"

직접 자신의 눈으로 보고도 믿을 수 없는 일. 그랬기에 되물었고, 그런 그를 향해 비설이 아무렇지 않게 대꾸했다.

"그러게요."

여유 있게 대답을 하면서도 비설은 모든 신경을 사막야차들에게 쏟았다.

일격에 베어 넘기긴 했지만 방심했기에 보다 쉽게 제압할 수 있었던 것이지, 무공이 약한 자들이 아닌 건 단번에 알 수 있었다.

그리고 역시나 가장 큰 문제는 지금 선두에서 말을 하고 있는 상대…….

아직 손도 섞어 보지 않았고 정체도 몰랐지만 풍겨져 나오는 기도만으로도 비설은 느낄 수 있었다.

'이자…… 강해.'

피부로 와 닿을 정도의 강함을 뿜어내는 상대.

하지만 하나 다행인 게 있다면 오히려 이 진법 덕분에 주변의 눈치를 안 보고 실력 발휘를 할 수 있다는 거다.

자신의 생각을 웃도는 실력에 의아함을 가지긴 했지만 지금 대라혈신의 목표는 혁련휘 하나였다. 더는 시간을 지체할 순 없다 여겼는지 그가 빠르게 명령을 내렸다.

"처리해."

대라혈신의 명령이 떨어지자 기다리고 있던 사막야차들이 움직였다.

가면을 뒤집어써서 얼굴을 분간할 수 없는 그들이 성난 호랑이처럼 달려들었다.

휘익!

비설의 몸이 연기처럼 사라졌다.

갑자기 사라진 목표물로 인해 사막야차들이 멈칫할 때였다.

대라혈신이 버럭 소리쳤다.

"위다, 멍청이들아!"

황급히 사막야차들이 고개를 치켜들었을 때 이미 허공으로 치솟아 올랐던 비설의 손에 들린 자미쌍검이 날카로운 기운을 뿜어내고 있었다.

수십 가닥의 검기가 마치 비처럼 떨어져 내렸다.

콰콰쾅!

어둠을 가르는 새하얀 빛이 사막야차들의 사이를 헤집었다.

하늘에서 쏘아 낸 검기에 진형이 무너진 그 틈으로 비설이 착지했다.

그녀의 손이 움직였다.

휘릭! 휙!

검은 인근에 있던 사막야차들의 빈틈을 빠르게 헤집고 들어갔다.

동시에 몇몇 상대들은 부상을 입으며 뒤로 물러서야만 했다.

그 와중에 한 명의 사막야차가 몸으로 비설에게 밀고 들어왔다. 거리를 좁힌 그가 빠르게 비설의 어깨로 검을 내리찍었다.

"어딜."

짧은 말과 함께 비설의 손바닥이 검날과 맞닿았다.

비설에게 날아들던 검이 그녀의 내력을 견뎌 내지 못하고 깨져 나갔다.

쩌엉!

내력은 검날로만 전달되지 않았다.

손목을 타고 공격을 가했던 상대의 몸 안으로까지 흘러들어 갔다. 그러자 그 막대한 내력을 견뎌 내지 못했는지 사막야차는 가면 사이로 피를 뿜으며 쓰러졌다.

비설의 손에 들린 두 자루의 자미쌍검이 원을 그렸다.

동시에 주변에 있던 이들이 그녀의 검에서 쏟아져 나온 검기의 폭풍에 휘말리듯 균형을 잃고 쓰러졌다. 놀랍게도 빠른 검이 동시에 사막야차들을 베고 지나갔다.

그 모습을 보고 있던 대라혈신은 인상을 찌푸렸다.

'이런…….'

어른과 어린아이의 싸움을 보는 듯한 일방적인 대결.

혁련휘를 제하고는 자신이 직접 손을 쓸 일은 없을 거라 여겼거늘 가장 약한 자라고 판단했던 비설조차도 자신이 없이는 피해가 막심해 보였다.

더는 두고 볼 수 없다 여겼는지 마침내 대라혈신이 사막야차들에게 둘러싸인 비설을 향해 움직였다.

그가 절묘한 순간에 모습을 드러냈다.

사막야차들의 공격을 받아 내던 비설은 갑자기 옆에서

비집고 들어오는 대라혈신의 일격을 눈치챘다. 일부러 막기 힘든 순간을 노리고 들어온 공격이었기에 피하는 건 불가능해 보였다.

그리고 그 순간 대라혈신의 손바닥이 비설의 옆구리를 후려쳤다.

일격을 허용하며 비설이 밀려났지만…….

사막야차들은 내력이 담긴 일장을 허용한 비설이 엄청난 내상을 입었을 거라 생각했다. 더군다나 상대가 새외칠귀라 불리는 대라혈신이었으니 죽어도 이상할 게 없다 여겼다.

그렇지만 막상 그 일격을 성공시킨 대라혈신의 얼굴은 딱딱하게 굳었다.

분명 손바닥이 틀어박힌 건 사실이지만 느낌이 없다. 가격했다기보다는 부드럽게 손을 가져다 댄 정도의 감각.

'설마…… 내 공격을 흘린 건가?'

마치 나뭇잎 사이를 스쳐 지나가는 바람과도 같은 느낌이 들었다.

말도 안 된다는 생각은 들었지만 손바닥의 감각이 말해주고 있다. 자신의 공격이 제대로 틀어박히지 않았다고.

그리고 그걸 확인하는 데는 그리 오랜 시간이 걸리지 않았다.

"으차."

공격을 당하면서 멀리 나가떨어졌던 비설이 너무나 손쉽게 일어났다.

무방비하게 일 장을 허용했으니 죽거나, 움직이지 못해야 정상이거늘 비설은 전혀 아무렇지 않은 기색이었다.

그저 멀리 날아가면서 나뒹군 탓에 어깨 부분의 옷이 살짝 찢어진 정도였다.

너무나 멀쩡한 비설의 모습을 확인한 순간 대라혈신의 얼굴이 새빨갛게 변했다.

불쾌함이 밀려들었다.

대라혈신이 나지막이 입을 열었다.

"다들 물러서라."

"교주님, 그냥 저희에게 맡기시고……."

"물러서래도!"

대라혈신이 버럭 소리를 내지르자 사막야차들이 순식간에 뒤편으로 거리를 벌렸다.

수하들을 뒤로 물린 대라혈신이 혈정도를 꺼내 들었다.

"잔재주가 좀 있구나. 하지만 잔재주엔 한계가 있는 법이지."

말을 마친 대라혈신은 혈정도의 커다란 손잡이를 양손으로 움켜잡았다. 혈정도를 쥔 그의 근육이 꿈틀거렸다.

동시에 주변으로 기운이 밀려들었다.

두두두두!

지진이 나는 것 같은 소리와 함께 주변의 공간이 흔들렸다. 비설은 자미쌍검을 든 채로 대라혈신을 응시했다. 그의 내공이 폭발하고 있었다.

까앙!

커다란 소리와 함께 그의 혈정도가 비설을 내려쳤다. 내력이 담긴 일격은 무지막지한 힘을 뿜어냈다. 비설은 그 공격을 받아내긴 했지만 저절로 미간을 찡그릴 수밖에 없었다.

둘의 무기가 마주치는 곳을 기점으로 해서 주변으로 커다란 충격파가 밀려 나갔다.

덩치 크기가 어마어마하게 나는 두 사람.

허나 그런 차이에도 불구하고 비설은 전혀 밀리지 않았다.

비설의 자그마한 체구에서 뿜어져 나오는 기운은 상상 이상이었다.

병기를 맞댄 채로 상대방을 노려보던 비설은 슬며시 올라가는 대라혈신의 입꼬리를 눈치챘다.

비설은 뭔가 위험하다는 느낌을 받았다.

그리고 그 순간 사라졌던 안개가 갑자기 둘 사이를 가득 채우기 시작했다.

안개 사이에서 날카로운 무엇인가가 비설의 목을 노리고 날아들었다.

여전히 병기를 맞댄 채로 힘 싸움을 하고 있던 비설에겐 치명적인 공격.

하지만 그 와중에서도 비설은 고개를 비틂으로써 공격을 피해 냈다.

피잇.

목에 가느다란 핏줄기가 생겨나면서 피가 주르륵 흘러내렸지만 생명을 위협할 정도의 치명상은 피할 수 있었다.

허나 그 탓에 힘의 균형이 무너졌고, 대라혈신은 보다 강하게 비설을 짓누르기 시작했다. 반쯤 무릎을 굽힌 그녀는 어깨에 자미쌍검을 올리다시피 한 채로 혈정도를 막아 내고 있었다.

점점 짙어져 가는 안개, 그리고 더불어 주변에서 하나둘씩 비설을 노리는 날카로운 칼날들이 빛을 토해 내기 시작했다.

상황이 그리 좋아 보이지 않았지만 비설은 침착했다.

'진법 안이라는 걸 깜빡했네.'

화가 난 듯이 달려드는 대라혈신을 보며 그가 일대일의 승부를 건다 생각했다. 그렇지만 그건 판단 착오였다. 애초부터 그는 정당하게 싸울 생각은 없었으니까.

대라혈신이 비설을 움직이기 쉽지 않게 만들어 놓고, 다시금 진법을 이용해 몸을 감춘 사막야차들이 그녀를 노린다.

보통 안개가 아닌 진법 안에서 만들어진 특이한 종류의 것이다 보니 가까운 거리도 분간하는 게 쉽지 않다.

그 순간 뒤편에서 다시금 날카로운 공격이 날아들었다.

대라혈신과 병기를 맞댄 상태라 피하는 게 그리 쉽진 않았지만 그 와중에서도 비설은 몸을 크게 뒤로 젖히며 다시금 공격을 피해 냈다.

그 탓에 팔뚝에 스치는 부상을 입긴 했지만 이번엔 당하고 있지만은 않았다.

그녀의 팔꿈치가 재빠르게 어둠 속에 있는 곳을 헤집고 들어갔다.

뻐억!

정확하게 상대의 명치를 가격한 탓에 안개 속에 몸을 숨기고 움직이던 사막야차 하나가 쓰러졌다.

재빠른 판단으로 한 명을 제압하긴 했지만…….

'이대로 가면 불리해.'

힘에 눌리면서 점점 아래로 향한 자미쌍검이 결국 어깨를 파고들며 피가 조금씩 배어 나오기 시작했다.

그 순간 비설의 눈동자가 빛났다.

좌르륵!

파고들려는 자미쌍검을 앞으로 쭉 당기면서 스스로의 어깨를 베듯이 스쳐 지나갔다. 그렇게 쭉 뻗어진 자미쌍검의 손잡이가 앞에 있는 대라혈신의 가슴을 후려쳤다.

스스로의 어깨를 베면서까지 내뻗은 일격에 대라혈신의 몸이 뒤로 밀려 나갔다.

비설의 움직임은 끝나지 않았다.

'이대로 끝내면 어깨를 내준 내가 손해지!'

그녀의 자미쌍검 두 자루가 십자 모양으로 교차 되듯이 허공을 베었다.

보이지 않는 무형의 기운이 대라혈신의 가슴을 베고 지나갔고, 찢어진 옷 너머에서 십자 모양으로 피가 터져 나왔다.

피가 튀어 오르는 그 짧은 찰나 비설은 대라혈신의 품으로 달려들었다.

검을 휘두르기에는 좁은 거리.

비설의 손바닥이 태극의 문양을 그리며 그대로 대라혈신의 가슴을 파고들었다. 강력한 무당파의 장법이 대라혈신을 뒤흔들었다.

수십 장은 밀려 나가면서도 버텨 낸 대라혈신이었지만 속까지 멀쩡할 순 없었다.

"우웩!"

새카만 피를 토해 낸 그가 입에 묻은 피를 거칠게 닦아 냈다.

손등에 묻어나는 검은 피를 보면서 대라혈신은 지금 이 상황을 도저히 이해할 수가 없었다.

자신이 누구인가?

새외에서 알아주는 초절정 고수 중 하나다.

그런 자신이 고작 얼마 전까지 학관의 학생으로 있던 저런 피붙이에게 당하고 있다. 더군다나 자신들이 만들어 놓은 진법 안에서 말이다.

찌이익!

대라혈신은 넝마가 된 상의를 찢어 바닥에 내팽개쳤다.

분노가 머리끝까지 치밀었다.

눈앞에 있는 비설을 찢어 죽여야만 이 직성이 풀릴 것만 같았다.

그런 대라혈신과 마주 서 있는 비설은 곤란했던 상황에서 빠져나오기 위해 스스로 벤 어깨 부분을 어루만졌다.

끈적끈적한 피가 손가락을 통해 느껴졌다.

'생각보다 더 단단한 자네.'

방금 전의 공격으로 치명상을 줄 수 있다 생각했는데 대라혈신은 아직 견고하게 버티고 서 있다. 그만큼 상대가 강하다는 의미기도 했다.

비설은 짙어지는 안개를 보며 작게 고개를 저었다.

'좀 더 빠르게 진법을 파훼했어야 했는데 말이야.'

이 안에서 싸우는 이상 저들은 언제고 모습을 감출 수 있다.

상황이 그렇다 보니 싸울수록 불리해지는 건 아무래도 비설일 수밖에 없다.

진법 바깥으로 나가서 싸우는 게 유리한 건 알지만 아직 생문을 찾지 못한 그녀다.

'아무래도 장기전으로 가야겠네.'

비설이 마음을 다잡고 자미쌍검을 들어 올렸다.

그런 그녀를 향해 대라혈신이 살기 가득한 목소리로 소리쳤다.

"망할 새끼, 어디 얼마나 버티는지 보자."

비록 일격을 허용하긴 했지만 여전히 유리한 건 자신이라고 대라혈신은 생각했다. 숫자도 압도적으로 많았고, 진법 안에 있는 이상 결국 승자는 자신이 될 거라는 확신이 있었기 때문이다.

그런데 그 순간 이상한 소리가 들려왔다.

드득, 드드드득!

갑자기 들려온 정체불명의 소리에 모두의 시선이 그쪽으로 향했다.

그리고 그 소리가 난 곳에서부터 놀라운 일이 벌어지기 시작했다.

짙게 깔려 있던 안개가 그 기괴한 소리가 난 곳으로 빨려 들어가듯 사라져 가고 있었다.

흡사 깨어진 항아리에서 물이 빠져나가듯, 허공의 한곳으로 빨려 나가기 시작한 안개는 이내 모습을 감췄다.

그 덕분에 안개에 몸을 감추고 움직이던 사막야차들의 모습도 확연하게 눈에 들어왔다.

갑작스러운 상황에 당황한 대라혈신이 소리쳤다.

"뭐야 이건 또!"

바로 그 순간 소리가 난 그곳을 통해 누군가가 몸을 비집고 들어오고 있었다. 그리고 그게 누군지 확인하는 순간 대라혈신은 자신도 모르게 중얼거렸다.

"말도 안 돼……."

진법을 열고 모습을 드러낸 건 바로 혁련휘였다.

지금 혁련휘 일행을 가두고 있는 진법은 팔문조화대진(八門造化大陣)이라 일컬어지는 것이다.

진법을 펼치는 것만으로 최대 여덟 개의 공간을 만들어 제각각 가둬 두는 것이 이 진법의 특징이다. 혁련휘 일행의 숫자는 다섯이었고, 제각기 한 곳 한 곳에 가둬 둔 것이다.

지금 혁련휘가 이 공간으로 나타났다는 건 자신이 갇혀

있던 곳에서 빠져나왔다는 걸 의미했다.

진법을 깨고 스스로 나온 것도 분명 놀라운 일.

허나 문제는 그게 아니었다.

자신이 갇혀 있던 진법을 깬 걸로 모자라, 다른 이가 있는 진법 안으로 스스로 걸어 들어온 것이다. 그것도 생문을 통해서가 아니라 힘으로 진법을 찢어발기고…….

어둠을 가르며 진 안으로 스스로 걸어 들어온 혁련휘의 시선이 가장 먼저 비설을 찾았다.

비설을 발견한 순간 혁련휘의 눈동자가 흔들렸다.

어깨에 제법 깊어 보이는 상처가 가장 먼저 눈에 들어온다.

그 외에 자잘한 상처들도.

혁련휘를 발견한 비설이 웃는 얼굴로 그를 맞았다.

"형님!"

다치긴 했어도 무사하다는 걸 확인하자 혁련휘는 그나마 한결 안심이 됐다. 허나 이내 그의 시선이 대라혈신에게로 향했다.

한겨울 서릿발을 연상케 할 정도의 차가운 눈빛으로 대라혈신을 바라보던 혁련휘가 슬그머니 입을 열었다.

"경고했지? 저 녀석에게 손끝 하나라도 대면…… 죽는다고."

9장. 대라혈신

— 경고했지

사실 대라혈신의 입장에서는 지금 미치고 팔짝 뛸 노릇이었다. 진법을 파훼한 것도 아니고, 그저 힘으로 찢고 들어오는 혁련휘의 모습은 말도 안 되는 것이었다.

거기다가 손끝 하나만 대도 죽는다고 경고하지 않았느냐고?

사실 비설은 어깨의 부상을 제외하곤 큰 타격을 입지 않았다.

심지어 어깨의 부상조차 비설 스스로가 상대를 제압하기 위해 직접 벤 탓에 생겨난 것이라 봐도 무방했다.

그에 비해 대라혈신의 가슴팍은 십자 모양으로 찢겨져

나갔고, 장력으로 인해 속까지 진탕이 됐다.

거기다 쓰러져 있는 사막야차들까지도.

누가 봐도 이쪽의 타격에 비하면 비설의 상처는 정말 긁힌 수준밖에 되지 않았다.

그런 상황에서 저토록 화를 내는 모습을 보고 있자니 기가 막힐 지경이었다.

대라혈신이 어처구니없다는 듯 입을 열었다.

“너 눈이 없냐? 화를 내야 할 건 이쪽인 것 같은데.”

그의 말을 듣고서야 혁련휘는 주변의 모습이 눈에 들어왔다.

비설이 위험할지도 모른다는 생각에 다급히 움직였던 그다. 자연스레 그녀만 보였고, 그 외의 것은 신경 쓰지 않았다.

대라혈신의 말대로였다.

쓰러져 있는 건 사사혈교 쪽이었고, 비설의 상처 또한 그리 깊지는 않다. 더군다나 대라혈신의 모습도 그리 좋아 보이진 않았다.

바깥도 아닌 진법의 안. 이곳에서 비설이 저들을 압도했다는 말인데…….

‘이 정도였던 건가?’

이번에도다.

매번 그랬던 것처럼 이번에도 비설은 자신이 상상했던 것 이상의 무력을 선보였다.

눈으로 보지 못했지만 알 수 있다. 그렇지 않고서야 지금의 이 상황을 만들 수 없었을 테니까.

대체 어떻게 이게 가능할까?

저토록 어린 여인이 구파일방의 장문인급의 실력자인 대라혈신으로도 모자라 그의 수하들까지 한 번에 진법 안에서 상대한다?

평범하게 무공을 익혀 온 이라면 불가능한 일이다.

비설에겐 알 수 없는 특별한 무엇인가가 있었다.

그 사실을 재차 상기하며 비설을 향해 시선을 돌렸던 혁련휘에게 그녀의 어깨에서 배어 나오는 피가 눈에 들어왔다.

피가 묻어 있는 옷을 보고 있자니 가라앉기 시작했던 화가 이상하게 다시금 치밀었다.

혁련휘가 대라혈신을 향해 슬며시 입을 열었다.

"그래서?"

"뭐?"

"우리를 노리고 온 놈들에게 손속에 사정이라도 두라는 건가. 그리고 분명 말했을 텐데. 손끝 하나라도 대면 죽는다고. 난 내가 한 말은 어떻게든 지켜."

생각보다 더 화가 난 듯한 혁련휘의 모습을 보던 비설이 슬그머니 그의 옆으로 움직였다.

혁련휘와 비설 사이에는 사막야차들이 있었지만 그들 중 누구도 그녀를 막지 못했다. 마치 연기처럼 그들 사이를 파헤치고 지나간 비설의 몸이 혁련휘의 옆에서 나타났다.

그 모습을 본 대라혈신의 표정이 굳었다.

'대체 언제 움직인 거지?'

움직이는 것조차 느끼지 못했다.

그런데 그 순간에 비설은 이미 모두의 눈을 속이고 움직인 것이다. 이미 손을 겨루면서 느꼈지만 보통 실력자가 아니다.

그랬기에 더 기가 찬다.

대체 환영학관은 어떻게 돼먹은 곳이기에 저런 자가 학생으로 있단 말인가.

혁련휘는 자신의 옆에 와서 멈추어 선 비설을 힐끔 내려다봤다.

그녀가 웃는 얼굴로 입을 열었다.

"형님, 갑자기 사라지셔서 깜짝 놀랐습니다."

마주하고 있던 상태에서 갑자기 진법이 펼쳐지며 둘은 서로를 눈앞에 둔 채로 다른 공간으로 빨려 들었다.

놀랐다고 말하는 비설을 앞에 둔 채로 혁련휘는 짧게 숨을 내쉬었다.

놀란 건 이쪽이 더 컸다…… 그리 말하고 싶었다.

허나 혁련휘는 그런 말 대신 짧게 물었다.

"어깨는 괜찮아?"

"아, 이거 별거 아니에요. 제가 낸 상처인데요, 뭘."

"네가 냈다고?"

"네. 제 어깨를 내줘야 상대에게 치명상을 가할 것 같아서 스스로 벤 거예요."

그 말을 듣자 혁련휘는 얼추 상황이 머리에 그려졌다. 아마도 무기를 맞댄 상황에서 스스로의 어깨를 베며 공격을 가한 게 분명했다.

쉽지 않은 결단력이다.

혁련휘가 표정을 찡그리며 말했다.

"그렇게까지 다치면서 싸울 필요가 있나?"

그런 혁련휘의 질문에 돌아온 비설의 대답은 예상 밖이었다.

"형님이 위험하실까 봐 빨리 끝내고 도우려고 했죠. 그런데 이렇게 멀쩡하신 걸 보니 정말 다행입니다."

"날 도와?"

"그럼요."

뭘 그리 당연한 소리를 하냐는 듯이 쳐다보는 비설을 바라보던 혁련휘는 기분이 묘했다.

그 누가 자신에게 돕는다 만다 할 수 있단 말인가.

그만한 능력을 지닌 자도 흔치 않았고, 또 그렇게 가까운 이도 없었다.

혁련휘가 애써 퉁명스레 대답했다.

"……네 몸이나 신경 써. 쓸데없이 다치고 다니지 말고."

"다치긴 했지만 그래도 좋은데요?"

"다쳤는데 뭐가 좋아?"

"형님이 걱정해 주시지 않습니까. 기분 나쁘진 않은데요."

밝게 웃으며 말하는 비설을 보며 혁련휘는 고개를 작게 저었다.

무력으로도, 말로도 누구에게 밀리지 않는다 자부하는 자신이다.

그런데 이 녀석에겐…….

혁련휘는 비설에게 향했던 시선을 천천히 대라혈신에게로 돌렸다. 한결 부드러워졌던 시선이 이내 냉랭하게 돌변했다.

혁련휘가 파멸혼에 내력을 집어넣은 채로 꺼내 들었다.

파츠츠!

뇌신의 기운이 담긴 파멸혼은 강렬한 뇌기를 사방으로 토해 냈다.

그런 혁련휘의 모습에 대라혈신도, 사막야차들도 놀란 듯 눈을 크게 치켜떴다.

혁련휘가 차갑게 말했다.

“이번에는 도망 못 간다.”

“도망이라…….”

대라혈신이 작게 중얼거렸다.

애써 참고 있지만 속은 분노로 인해 뒤집혀진 상태다. 자신이 어떠한 존재인데 이런 애송이에게 도망 못 간다는 말이나 듣고 있는단 말인가.

다만 문제는 이 둘이 생각보다 강하다는 거다.

한 명은 진법을 찢는 말도 안 되는 일을 벌였고, 또 다른 하나는 진법 안에서도 자신들을 압도해 나갔다.

직접 당하고 있으면서도 대라혈신은 지금 이 상황을 믿을 수 없었다. 눈을 감았다가 뜨면 여태까지 있었던 모든 게 꿈일지도 모른다는 착각이 들 정도로 말이다.

대라혈신은 자신의 가슴을 가볍게 어루만졌다.

비설에게 당한 십자 형태의 부상에서 느껴지는 쓰라림이, 손끝에 묻어나는 피의 진득함이 지금 이 상황이 현실이라는 걸 다시금 일깨운다.

대라혈신의 머리가 차갑게 식어 갔다.

'지금 이곳에 데리고 온 사막야차들의 숫자는 오십이 조금 안 돼.'

혁련휘와 그의 동료들을 모두 제각각 진법 안에 빠트렸다.

정체를 파악할 수 없는 환야와 달치에게는 십여 명 정도씩, 그리고 학관의 교관이었던 부의민에게는 다섯 명의 사막야차들을 투입했다.

그리고 그 외의 스무 명이 조금 넘는 숫자를 데리고 대라혈신이 움직였다.

개중에 지금 비설에게 제압당해 쓰러진 게 여덟 명…….

대라혈신은 자신의 계산이 틀렸다는 걸 인정해야만 했다.

'가장 약할 거라 생각했던 게 저놈인데, 내 예상이 틀렸군.'

문제는 예상을 웃돌아도 너무 웃돈다는 거다.

지금 대라혈신의 눈에는 혁련휘가 아닌 비설이 들어왔다. 직접 손을 맞대며 느끼게 된 말도 안 되는 무위가 절로 몸을 움츠러들게 만든다.

대체 저자의 실력은 어느 정도일까?

정말 말도 안 된다 생각은 하지만…… 자신이 밀렸다.

이건 인정해야 했다.

그랬기에 더 기가 찼다.

새외칠귀인 자신보다 강하다는 건 곧 그 위 급이라는 말이니까.

'저런 어린놈이 새외사천왕급이라도 된단 말인가?'

새외의 지배자라 불리는 그 넷.

놀랍게도 대라혈신은 비설을 그 넷과 같은 선상에 두고 있었다.

그때였다.

"어딜 넋을 놓고 있는 거야."

번쩍!

말과 함께 밀려오는 빛을 느끼며 대라혈신은 황급히 호신강기를 일으켰다.

뇌기가 진법으로 감싸인 어둠을 휘감으며 떨어져 내렸다.

쿠카카캉!

호신강기로 간신히 몸을 보호해 냈지만 전신의 기혈이 뒤틀리듯이 충격을 받았다.

그리고 재수 없게도 뒤편에 있던 사막야차들은 그 일격에 반응조차 하지 못하고 새카맣게 변한 채로 쓰러졌다.

"이 자식이!"

대라혈신은 피를 토해 내면서도 손바닥을 휘둘렀다.

그의 손에서 뿜어져 나온 장력이 혁련휘의 얼굴을 노렸다.

허나 날아드는 장력을 혁련휘는 가볍게 파멸혼으로 갈라 버렸다.

대라혈신은 피로 번들거리는 이를 드러낸 채로 거칠게 숨을 몰아쉬었다.

"헉헉."

비설에게 내상을 입은 상태에서 밀려든 혁련휘의 파괴적인 힘. 조금이나마 진정되려는 찰나 다시금 타격을 입자 전신의 내장들이 비명을 질러 댄다.

혁련휘의 힘을 처음으로 마주하는 순간, 대라혈신은 이번에도 기겁할 수밖에 없었다.

'이건 또 뭐야?'

비설이 문제라 생각했다.

정체 모를 저자가 변수였고, 그것만 해결한다면 이 생각지도 못한 상황을 벗어날 수 있다 믿었다.

그런데 아니다.

대라혈신은 고통이 밀려드는 가슴을 움켜쥔 채로 이 상황을 다시금 냉정하게 생각해야만 했다.

내상을 입은 상태라 호신강기가 완전치 않았다 해도 전

신에 고통이 치밀 만큼의 파괴력.

멀쩡했다고 한들 결코 쉬이 막아 내지 못할 공격이 분명했다.

그 순간 혁련휘가 가볍게 휘두르는 파멸혼을 따라 뇌기가 사방으로 날카로운 이를 드러냈다.

츠츠츠!

섬뜩했다.

그 뇌기는 당장이라도 자신들을 집어삼킬 것처럼 날뛰었고, 그걸 마주하고 있는 것만으로도 침이 바짝바짝 마를 지경이다.

그런 압도적인 모습을 보며 대라혈신은 속으로 중얼거렸다.

'저놈도 새외사천왕급이라고?'

이 무슨 말도 안 되는 소리란 말인가.

이런 젊은 무리에 있는 놈들 중 무려 두 명이, 새외사천왕급이라니.

새외사천왕이라는 명예로운 호칭은 그냥 가질 수 있는 게 아니다.

수십 년이 넘는 시간 동안 무공을 익히고, 또 그에 걸맞은 경험과 싸움들을 해 온 덕분에 얻을 수 있고, 오를 수 있는 위치인 것이다.

중원을 벗어난 새외를 대표하는 최강자들. 그런 강자들을 저런 어린 자들의 모습에서 투영한다는 것 자체가 우습고, 놀라울 따름이다.

그랬기에 대라혈신은 판단을 내려야 했다.

인정하고 싶지 않지만 지금 이곳에 있는 자들만으론 저 둘을 모두 상대할 수 없다.

다른 진법 안에 들어간 그들, 그들을 이곳으로 불러야 했다.

허나 부르고 싶다고 한들 다른 진법 안으로 들어간 사막야차들을 이곳에 나타나게 할 순 없다. 지금 할 수 있는 방법은 하나였다.

'……진법을 깬다.'

진법을 없애고 각자의 공간으로 들어갔던 모두를 한곳에 모은다.

문제가 될 이 두 놈을 제하고는 모두 죽었을 정도의 시간이 흐른 지금이다. 혁련휘의 수족들을 제거한 그들이 합류한다면 이쪽의 숫자는 지금보다 갑절 정도로 늘어날 것이다.

스무 명 정도의 사막야차들을 한 놈에게 붙이고 다른 자를 죽인다.

그리고 그 이후에 다른 한 명을 죽이는 것만이 지금 내릴 수 있는 최선의 선택이었다.

결단을 내리자 대라혈신은 더 망설이지 않았다.

그의 손바닥이 떨려 오며 주변의 땅이 흔들거렸다.

무지막지한 내력이 모여들었고, 그 모습을 보며 혁련휘는 슬쩍 막을 채비를 하고 있었다. 허나 목표는 혁련휘가 아니었다.

“하앗!”

대라혈신의 양손이 옆으로 향하는 순간 이미 전음을 통해 명령을 전해 들은 사막야차들도 움직였다. 그들의 몸이 동시에 자리를 잡고 땅을 향해 각자의 무기를 쑤셔 박았다.

순간 주변이 일렁거리며 폭풍이 이는 것과 같은 세찬 바람이 밀려들었다.

혁련휘는 한 손으로 비설의 어깨를 잡아채더니 자신의 등 뒤에 자리하게끔 밀어 넣었다. 그러고는 반대편 손을 들어 날아드는 바람에서부터 시야를 지켜 냈다.

얼굴을 가린 옷자락이 광풍에 휩싸인 것처럼 사방으로 펄럭였다.

파파파팍!

혁련휘의 두 눈에 진법 안에서의 모든 변화가 들어오기 시작했다.

그리고 사방을 덮고 있던 어둠에 자그마한 균열들이 생

겨났다.

쩌적.

소리와 함께 어둠은 조각조각이 되어 뚝뚝 떨어져 내렸다.

주변을 덮고 있던 진법의 기운이 사라져 간다.

혁련휘는 곧장 알아차렸다.

'진법을 거둔 건가.'

길게 몰아치던 광풍이 잠잠해졌다.

얼굴을 가리고 있던 옷소매를 천천히 내린 혁련휘가 주변을 살폈다. 객잔에서 진법에 당했거늘 그들이 있는 공간은 다름 아닌 마을 바깥에 위치한 공터였다.

진법이 깨어지며 주변에서는 선선한 공기가 밀려들었다.

"후아, 진법을 깼나 본데요?"

맑은 공기를 크게 들이쉬며 비설이 중얼거렸다.

그런 비설의 말에 혁련휘는 고개를 끄덕였다. 순간 왜 스스로 진법을 깨고 바깥으로 나온 건지 의문을 가졌을 때다.

눈앞에 보이는 대라혈신의 얼굴에는 자신만만한 표정이 가득했다.

혁련휘가 이해가 안 간다는 듯 말했다.

"그나마 진법 안에 있는 게 조금 더 유리했을 것 같은데."

"그건 네놈 생각이지. 이곳에 온 인원이 이게 전부인 줄 아느냐?"

"하고 싶은 말이 뭐지?"

혁련휘가 표정을 찌푸리며 말했다.

비웃음과 함께 대라혈신이 득의양양하니 받아쳤다.

"흐흐. 지금쯤 네놈의 다른 동료들이 어찌 되었는지 보거라."

말과 함께 대라혈신은 옆에 있는 커다란 돌을 발로 밀었다.

그러자 갑자기 주변의 기운들이 일렁거렸다. 아마도 저 커다란 돌덩이가 이 진법의 핵을 이루는 물건이었던 모양이다.

돌덩이가 움직이는 순간 주변에 있던 다른 여타의 진법들도 동시에 깨어져 나갔다.

그리고 이내 보이지 않던 일련의 사람들 또한 하나씩 모습을 드러냈다.

어둠 속에서 가장 먼저 모습을 드러낸 건 환야와 함께 진법으로 들어갔던 사막야차들이었다.

대라혈신의 얼굴이 일그러졌다.

쌓여 있는 열두 개의 시체.

사막야차들은 이미 모두 죽은 채로 쌓여 있었고, 그 꼭대기에 걸터앉은 환야는 손에 든 단검 한 자루를 빙글빙글 돌리고 있었다.

진법 안에서 나온 그가 혁련휘를 향해 반갑게 손을 들며 입을 열었다.

"대장, 갑자기 이게 뭔 일이랍니까?"

상처 하나 없이 멀쩡한 환야를 보는 순간 대라혈신이 자신도 모르게 이를 꽉 물고 비명에 가까운 신음성을 토해 냈다.

"끄으응!"

하지만 대라혈신은 이내 다른 쪽으로 시선을 돌렸다. 저 놈도 생각보다 강자였던 것이다. 그렇지만 분명 다음 진법 안에서는…….

이내 시선을 돌리던 대라혈신의 눈동자가 이번에는 빠질 것처럼 크게 돌변했다.

열두 명의 사막야차들이 그대로 땅에 머리가 박힌 채로 죽어 있었다.

그리고 이 같은 일을 벌인 당사자는 바닥에 누운 채 크게 코를 골고 있었다.

"드르렁."

달치였다.

그는 크게 코를 골고 자다가 주변에서 일어나는 기운의

변화를 느꼈는지 천천히 자리에서 일어났다. 그는 뒷머리를 긁적거리다 길게 기지개를 켰다.

"하암. 달치 졸리다. 달치 분명 방에서 잤는데 여기 밖이다."

환야와 마찬가지로 달치 또한 부상 하나 입지 않고 열두 명의 사막야차들을 그대로 땅에 박아 넣어 버렸던 것이다.

상황이 여기까지 치닫자 대라혈신은 가슴이 답답할 정도의 먹먹함이 밀려들었다.

그래도 마지막으로 혹시나 하는 마음에 또 다른 한편을 바라봤는데…….

"아, 잠 좀 자려는데 짜증 나게 이게 뭔 일이래."

다섯 명의 사막야차들을 쓰러트린 부의민이 자신의 머리카락을 다시 묶으며 투덜거리고 있었다.

대라혈신이 가장 많은 정보를 가지고 있던 자는 부의민이었다.

오랫동안 학관에서 지내며 자신의 정체를 드러냈으니까.

허나 그가 지닌 정보로는 저자가 결코 이 정도 무위를 지녀서는 안 됐다.

그저 별다를 것 없는 평범한 일개 교관으로 알고 있었던 탓이다.

환영학관의 일개 교관 따위에게 사막야차 다섯이 죽었

다. 그것도 상처 하나 입히지 못하고.

부의민까지 멀쩡한 것을 보자 대라혈신은 자신이 알고 있던 모든 게 틀렸다는 걸 알았다.

다섯 개의 진법, 그리고 그 진법을 통해 가둬 둔 그들의 목숨을 제각기 거두려 했다. 그런데 상황이 말도 안 되게 흘러가고 있었다.

죽이려 했던 다섯 명.

그 다섯 명 중 그 누구도 죽지 않았다.

오히려 그들을 죽이러 들어갔던 사막야차들이 전부 궤멸 상태에 이르고야 말았다.

대체 어디서부터 잘못됐던 걸까?

뒤늦은 후회.

하지만…… 후회를 하기엔 너무 늦어 버렸다.

그런 대라혈신을 향해 혁련휘가 말을 걸었다.

"방금 뭐라고 했더라."

"……."

아무런 대꾸도 못 하고 대라혈신이 가만히 서 있을 때였다.

그를 향해 혁련휘가 재차 입을 열었다.

"내 동료들이 뭐 어떻게 됐다고?"

말을 내뱉는 혁련휘의 뒤편으로, 멀쩡하니 진법에서 빠

져나온 그들이 자리했다.

하나로 뭉친 그 다섯을 바라보는 대라혈신의 표정이 흡사 벌레를 씹은 것처럼 일그러졌다.

혁련휘의 뒤편으로 다가온 환야가 물었다.

"근데 대장, 저놈들 뭡니까?"

"손등의 문신을 보니 사사혈교 놈들 같던데."

환야의 질문에 대답한 건 다름 아닌 부의민이었다.

부의민 또한 사사혈교와 싸워 본 적이 있었던 탓인지 금방 그들의 정체를 알 수 있었다.

사사혈교라는 말에 환야는 대충 상황을 파악해 냈다.

"아아, 그러니까 그때 대장한테 당하고 이제 와서 복수라도 하겠다고 이렇게 달려든 겁니까?"

"그런 모양이더군. 날 비롯해 우리 모두를 죽이겠다나 뭐라나 하던데."

"어휴, 농담이 심하네요. 다 데리고 와도 모자랄 판국에 고작 이렇게 와서 저희를 어떻게 한다고요?"

혁련휘의 말에 환야가 재미있다는 듯 웃으며 손사래를 쳤다.

모르는 사람이 들었다면 환야를 미치광이 취급을 해도 이상할 게 없는 말이다. 상대는 새외칠귀의 하나인 대라혈신과, 사사혈교의 주축을 이루는 정예들인 사막야차들이었으니까.

허나 미치광이의 허언이라 여겨도 이상할 것 없는 그 말이 지금 이곳에선 결코 그렇게 느껴지지 않았다.

정말로 이 다섯 명의 앞에서 그들이라는 존재는 미약하기 그지없는 수준이었기 때문이다.

그리고 그런 사실에 대해 굳이 귀찮은 입씨름을 벌이지 않아도 될 정도로, 지금 이곳에서 그 말의 진위 여부는 여실히 드러나고 있었다.

환야와 달치, 부의민에게 투입됐던 모두가 쓰러지긴 했지만 그래도 숫자는 아직까지도 사사혈교 쪽이 세 곱절 가까이는 많았다.

그럼에도 불구하고 지금 이곳의 분위기는 이미 혁련휘 일행 쪽으로 한참은 기운 상태였다.

사실적으로 이 셋에게 쓰러진 숫자가 지금 남아 있는 사막야차들의 머릿수보다 많았다.

거기다가 혁련휘와 비설까지 있으니…….

굳이 싸우지 않아도 어느 쪽이 지금 승기를 잡고 있는지 알 수 있는 노릇이었다.

혁련휘가 명령을 내렸다.

"환야, 대충 정리해. 대신 저놈은 내가 상대하지."

혁련휘의 시선이 향한 곳에는 대라혈신이 있었다. 평소

같았으면 환야에게 대충 맡기고 쉬러 갔을 혁련휘다.
그렇지만 지금은 아니다.
비설에게 부상을 입힌 저놈에게 분명 경고했다. 그리고 그 경고를 혁련휘는 지키려 하고 있었다.
환야 또한 평소 같지 않은 모습을 느꼈는지 되물었다.
"대장까지 나설 필요 있으십니까? 그냥 저희가 해결하죠."
"됐어. 저놈은 내가 직접 처리해야 할 이유가 있으니까. 그리고 비설은 빼고 해. 다쳤잖아."
혁련휘가 비설의 어깨의 부상을 향해 고갯짓하며 말했다. 그런 혁련휘의 말에 환야는 내심 어처구니없다는 표정을 지어 보였다.
'아니, 내가 저것보다 더 큰 부상을 당했어도 약이나 휙 던져 주는 양반이…….'
그리고 혁련휘의 말에 가만히 있던 비설 또한 고개를 저으며 대답했다.
"형님, 저 아직 멀쩡해요. 이 정도 부상이면 침만 발라도 낫는 정도인데요, 뭘."
"시키는 대로 해."
혁련휘가 딱 잘라 말했고, 비설 또한 한번 말을 내뱉으면 절대 번복하지 않는 혁련휘의 성격을 알기에 결국 고개를 끄덕였다.

비설이 한 걸음 뒤로 물러나는 것까지 확인하고서야 혁련휘가 앞에 있는 대라혈신에게로 시선을 돌렸다. 그러고는 다시금 입을 열었다.

"시작해."

그 한마디에 가만히 서 있던 환야와 달치가 갑자기 약속이라도 한 듯이 사라졌다.

그리고…….

쿠웅!

갑자기 들려온 굉음과 함께 한쪽에 서 있던 사막야차 몇 명의 몸이 허공으로 날아오르더니 이내 곤두박질쳤다.

달치의 커다란 도끼가 불을 뿜듯이 주변을 쓸어버리고 있었다.

그리고 그 반대편에서는 어둠과 동화된 환야가 사막야차들을 하나씩 제압했다.

순식간에 양쪽을 제압한 그들을 보며 혼자 남은 부의민 또한 어쩔 수 없다는 듯 뒷머리를 긁적이며 뒤편으로 움직였다.

단 한 명도 도망치지 못하게 하기 위해 세 명은 포위하듯 그들과의 거리를 좁혀 들어갔다.

싸움은 일방적이었다.

특히나 환야와 달치의 무위는 사막야차들이 어떻게 할 정도의 수준이 아니었다.

이런 와중에도 침묵하고 있는 대라혈신에게로 혁련휘가 한 걸음 내디뎠다.

혁련휘의 입에서 차가운 목소리가 흘러나왔다.

"그러게 경고를 하면 들어야지."

흘러나오는 목소리와 함께 뿜어져 나오는 진득한 살기가 대라혈신을 짓눌렀다.

커다란 쇳덩어리가 어깨에 얹혀진 듯 온몸이 무겁다.

상황은 좋지 않았지만 그렇다고 해서 그냥 죽어 줄 순 없었다.

"흐합!"

기합과 함께 내력으로 혁련휘의 기운을 밀어낸 대라혈신 또한 자신의 병기인 혈정도를 움켜잡았다. 사사혈교 교주에게 대대로 내려오는 신병이기이자 피를 먹고 자란다는 혈정도.

쇳덩어리들도 척척 갈라 버릴 정도의 강도와 날카로움을 지녔다.

대라혈신의 눈에 다가오는 혁련휘가 들어왔다.

'일격, 그걸로 끝내야 한다.'

장기전으로 끌고 간다면 승산은 없다. 바로 단 한 번의 공격으로 혁련휘의 숨통과, 그가 들고 있는 무기까지 단번에 갈라 버려야만 했다.

바로 그 순간 대라혈신의 혈정도가 바로 옆에 엉거주춤 서 있는 사막야차를 향했다. 도가 정확하게 그자의 몸속을 파고들었다.

"커억!"

갑작스러운 행동에 사막야차가 비명을 토해 낼 때였다.

대라혈신은 발로 그를 가볍게 밀며 몸 안에 박혔던 혈정도를 뽑아 들었다.

도신을 타고 흐르는 붉은 피.

예상 밖의 행동에 혁련휘가 잠시 멈칫했을 때다. 혈정도를 타고 흐르는 피가 증발하듯이 타오르기 시작했다.

덩달아 대라혈신의 몸 안에 있던 내공이 폭발하듯 혈정도로 뿜어져 나왔다.

혈정도를 중심으로 적색 기운이 천천히 피어올랐다.

그리고 이내 그 기운은 하나의 커다란 적색 형상을 이루었으니……

혈정흑살강기(血晶黑殺罡氣)라 불리는 도강이었다.

선택받은 일정 수준 이상의 무인들에게만 가능하다는 도강이 주변을 불태웠다.

피를 머금어야 완성된다는 특이한 무공인 혈정흑살강기

는 보통의 강도를 지닌 무기론 펼칠 수 없는 파괴적인 무공이다.

보통의 도로 이 무공을 펼친다면 그 힘을 견뎌 내지 못하고 폭발하는 탓이다.

단번에 절기를 끄집어낸 대라혈신의 안색이 급속도로 빠져나가는 내공 탓인지 새하얗게 변했다. 하지만 그의 입가엔 일말의 미소가 걸렸다.

적어도 이 무공이라면…… 이 무공이라면 새외사천왕이라 해도 결코 무사하지 못하리라.

'벤다.'

그 하나만을 보고 준비했다.

원래 뛰어난 강도를 지닌 혈정도에 강기를 덧씌웠다. 세상에 베지 못할 건 없다 자신했다. 대라혈신은 곧바로 달려들었다.

뒤로 물러선 채로 상황을 보고 있던 비설이 오른쪽 발을 반보쯤 앞으로 내밀었다.

그리고 자연스레 손은 허리에 달려 있는 자미쌍검에 닿았다.

혁련휘를 믿지만 뿜어져 나오는 기운이 생각보다 강렬하다.

비설이 막 뻗은 발을 주축으로 해서 몸을 날리려 할 때였다.

그녀에게서 열 발자국 정도 앞에 서 있던 혁련휘의 손에 들린 파멸혼이 뇌기에 휩싸였다.

그 모습을 보는 순간 움직이려던 비설은 멈칫할 수밖에 없었다.

혁련휘가 날아드는 대라혈신과, 그의 강기를 향해 손에 들린 파멸혼을 치켜들었다. 그 순간 대라혈신의 얼굴에 희열이 감돌았다.

'멍청한 놈! 넌 죽었어!'

혈정도는 단번에 혁련휘의 무기를 반으로 쪼개고 그의 몸까지 반으로 분리해 버릴 것이다. 대라혈신은 확신했고, 그만큼 혈정도와 자신의 강기에 대한 믿음이 있었다.

강기가 공기를 빨아들였다.

순식간에 타는 듯한 강렬한 기운이 혁련휘와 그의 손에 들린 파멸혼을 향해 떨어져 내렸다.

강기에 휩싸인 도와, 그걸 아무렇지 않게 막아 내려는 혁련휘.

대라혈신이 승리했다는 확신을 가지는 건 어쩌면 당연한 걸지도 모르겠다.

쿠아아앙!

강기에 휩싸인 혈정도가 파멸혼을 내려쳤다.

그리고 들려오는 소리.

쩌저적!

이 소리 익숙하다.

혈정도를 막아 내던 자들의 무기가 부서지는 소리, 그리고 언제나 상대는 그대로 부서지는 무기와 마찬가지로 반으로 토막 나곤 했다.

소리를 듣는 순간 대라혈신의 얼굴에 밀려드는 환희.

그는 승리를 직감했다.

그대로 손에 든 혈정도에 더 힘을 주며 강기가 실린 도를 더욱 강하게 내리눌렀을 때였다.

마침내 대라혈신의 몸이 아래로 떨어져 내렸다.

그런데…… 뭔가 이상하다.

힘차게 혈정도를 내리치면서 바닥에 착지한 대라혈신은 손을 천천히 왼쪽 가슴을 향해 뻗었다.

끈적끈적한 무엇인가가 손가락을 통해 느껴지는 것과 동시의 그의 고개가 자신의 가슴을 향했다.

그리고 그곳에는 너무나 익숙한 무엇인가가 박혀 있었다.

부러진 혈정도다.

정확하게 반 토막이 난 혈정도가 도리어 튕겨져 나가는 과정에 자신의 가슴에 박혀 버리고 만 것이다.

가슴에 박힌 혈정도를 통해 연신 피가 흘러나왔다.

고통과 함께 목표를 잃었던 강기의 반탄력이 갑자기 몸 안으로 밀려들었다.

기혈이 뒤틀리며 그 충격은 고스란히 전신으로 퍼져 나갔다.

"우웩!"

입으로 새카만 피를 몇 사발은 될 정도로 토해 낸 그가 무릎을 꿇었다.

고개를 축 떨어뜨린 그는 아직까지 이 상황을 이해하지 못했다.

'뭐지? 대체 이게 어떻게 된 거야? 분명 강기와 함께 휘둘린 내 혈정도가 놈을 정확하게 가격했고, 무기가 부러지는 소리도 들었는데…….'

그런데 혈정도는 자신의 가슴에 박혀 치명상을 안겼다.

쏟아져 나오는 피를 멍하니 바라보던 대라혈신의 머리가 서서히 상황을 인지하기 시작했다.

'……부러지는 소리는 혈정도에서 난 것이었단 말인가?'

대라혈신은 자신에게 드리워지는 그림자를 느끼며 힘겹게 고개를 들었다.

피투성이가 된 얼굴로 고개를 치켜든 그의 눈에 너무나

멀쩡한 혁련휘가 보였다.

그가 말없이 대라혈신을 내려다보고 있었다.

혁련휘를 향했던 대라혈신의 눈이 이내 그의 손에 들린 파멸혼으로 향했다.

새카만 도신을 지닌 특이한 모습에 처음부터 눈이 갔었다.

부러진 자신의 혈정도와는 달리 날 하나 상하지 않은 모습.

믿을 수가 없었다.

대라혈신이 힘겹게 입을 열었다.

"교, 교주의 신물인 혈정도가 어떻게……."

말을 하는 와중에도 연신 피가 입술 사이를 비집고 왈칵 흘러내렸다. 그런 그를 내려다보던 혁련휘가 천천히 입을 열었다.

"상대를 잘못 골랐어. 너도, 네 무기도."

말을 마친 혁련휘가 파멸혼을 자신의 도집에 꼽아 넣으며 몸을 돌렸다.

그리고 그와 동시에 힘겹게 버티고 서 있던 대라혈신의 몸이 앞으로 무너졌다.

푸욱.

박혀 있던 혈정도의 도신이 더욱 깊이 대라혈신의 몸으

로 파고들었다.

실로 얄궂게도, 피를 먹는다고 알려진 혈정도의 마지막 제물은 다름 아닌 자신의 주인이 되어 버린 것이다.

싸움을 끝낸 혁련휘를 향해 비설이 서둘러 다가왔다. 혁련휘의 지척까지 다가온 그녀가 그를 손으로 멈춰 세우고는 위아래를 훑었다.

“형님! 괜찮으세요? 어디 다치신 데는 없죠?”

“보이는 대로.”

혁련휘가 가볍게 양손을 으쓱했다.

대라혈신은 만만한 상대는 아니었다. 엄청난 양의 내공을 뿜어 대며 도강까지 휘둘렀으니까. 허나 그는 혁련휘의 상대가 되지 못했다.

멀쩡한 모습을 보며 안도의 한숨을 내쉬는 비설을 향해 혁련휘가 말했다.

“너 아까 싸움에 끼어들려 했지?”

“어? 어떻게 아셨어요?”

“움직이려고 하는 게 느껴졌으니까.”

“우와. 그 와중에 그것까지 알아차리신 거예요? 형님 정말 대단하시네요.”

앞에서 강기가 밀려드는 와중에도 자신의 움직임까지 느낀 혁련휘에게 비설은 감탄한 듯이 탄성을 내질렀다.

하지만 그런 그녀에게 혁련휘가 말했다.

"어물쩍 넘어가려 하지 말고. 빠져 있으라고 했는데 왜 끼어들려고 해."

비설은 속내가 들켰다는 사실에 어색하니 볼을 긁적이고 있었고, 그런 그녀를 향해 혁련휘가 말을 이었다.

"그런 상황에 끼어들면 위험한 거……."

"그래서 그랬어요."

자신의 말을 자르는 비설을 혁련휘가 가만히 바라보고 있을 때였다.

혁련휘의 두 눈을 똑바로 바라보며 비설이 재차 말했다.

"저도 형님이 위험하실까 걱정되니까요."

비설의 그 한마디에 혁련휘는 입을 닫았다.

두 눈에서 느껴지는 진심이 절절히 와 닿는다. 그걸 알기에 잠시 말을 잇지 못하던 혁련휘는 이내 확고한 목소리로 말했다.

"네가 걱정하는 일은 생기지 않을 테니까 앞으론 나서려고 하지 마. 괜히 위험해지니까."

"에이, 아무리 그래도……."

"말 안 들을 거야?"

"알았어요, 알았어. 그렇게 할게요. 됐죠?"

말은 그렇게 하고 있지만 비설은 그럴 생각이 눈곱만큼

도 없었다.

만약에라도 혁련휘가 위험해지면 어찌 가만히 두고 보고만 있겠는가. 아마 머리로 가만히 있겠다 주문을 외워도 그보다 먼저 몸이 반응하리라.

그렇게 둘의 대화가 끝나 갈 무렵이었다.

남은 사사혈교의 사막야차들을 정리한 세 명이 두 사람이 있는 곳으로 다가왔다.

환야가 혁련휘를 향해 짧게 보고했다.

"정리 끝냈습니다, 대장."

"수고했어."

"수고는요. 그냥 몸 푸는 정도였죠."

씩 웃으며 대답하는 환야를 옆에 둔 채로 혁련휘가 대화의 상대를 바꿨다.

그가 입을 열었다.

"그런데 부의민."

"응? 왜?"

자신을 부르는 혁련휘에게 부의민이 시선을 돌리며 물을 때였다. 혁련휘가 그에게 말을 이었다.

"혹시 백귀야녀라고 알아?"

혁련휘의 질문에 부의민은 고개를 끄덕였다.

"별호야 들어 본 적 있지. 사사혈교의 여자 고수라고 알려져 있고, 생긴 거랑 다르게 성격이 개차반이라던데."

"아니, 그런 거 말고 직접 본 적 없냐고."

"없지."

"확실해?"

"당연한 거 아니야? 그 정도로 소문난 미녀인데 봤다면 절대 안 까먹었겠지. 그런데 그 여자는 왜?"

"이상하군. 저자가 내가 사막혈신과 백귀야녀 둘을 죽였다고 하던데 난 본 적이 없거든. 그래서 혹시나 내가 당시에 돌아오기 전에 네가 처리했나 했지."

혁련휘는 아까 전 진법 안에서 대라혈신이 자신에게 했던 말을 기억하고 있었다.

사막혈신과 백귀야녀를 자신이 죽였다고 했다.

백귀야녀가 죽은 건 혁련휘 입장에서 크게 신경 쓸 일은 아니었다.

다만 그런 고수가 그냥 죽었을 리는 없을 터.

뭔가 자신이 모르는 사이에 뒤에서 모종의 세력이 움직인 건 아닐까 하는 일말의 의심 때문이었다.

그때 가만히 이야기를 듣고만 있던 비설이 짧게 소리를 토해 냈다.

"아!"

모여 있던 모두의 시선이 자연스레 비설에게로 향했다.

모두의 눈빛을 받자 비설이 어색하니 웃었다. 그런 그녀를 향해 부의민이 물었다.

"뭐냐? 그 뭔가 알고 있다는 듯한 눈빛은."

"저기…… 그 백귀야녀라는 사람 여자죠?"

"당연히 여자니까 백귀야녀겠지."

뭐 그런 걸 묻냐는 듯이 바라보는 부의민과 다른 이들을 향해 비설이 조심스레 말했다.

"저 그 여자 본 것 같아요."

비설의 그 말에 부의민이 눈을 크게 치켜떴다.

"봤다고? 언제?"

"저희가 사사혈교와 싸움을 끝내고 학관으로 돌아오던 길에서요. 저희를 몰래 쫓아오더라고요."

"우릴 쫓아왔다고? 그런데 왜 우리 앞에 안 나타났데?"

"나타나려고 했죠. 나타나려고 했는데……."

비설은 당시의 기억을 떠올렸다.

우물에 독을 풀어 출행을 나왔던 무인뿐만이 아니라 마을에 있는 모든 사람들을 죽이려 했던 백귀야녀다.

허나 백귀야녀는 채 독을 풀기도 전에 모든 걸 눈치채고 움직인 비설에 의해 결국 최후를 맞이했었다.

비설이 말을 끝자 부의민이 되물었다.

"했는데?"

이곳에서 유일하게 비설의 실력이 엄청나다는 걸 모르는 부의민이다.

비설이 어떻게 상황을 설명해야 하나 고민하고 있을 때 혁련휘가 입을 열었다.

"그 날 밤 어딜 다녀왔나 했더니 그런 일이 있었군."

"어? 기억하세요?"

"물론이지."

혁련휘는 정확하게 그 날을 기억하고 있었다.

뒷간에 다녀오겠다고 나갔던 비설이 일각 이상의 시간이 지난 후에 돌아왔었다. 그리고 당시 그녀의 소맷자락에 묻어 있는 핏자국까지 확인했던 혁련휘다.

대충 알겠다는 듯 고개를 끄덕이는 혁련휘와 달리 부의민은 지금 둘의 대화를 전혀 이해하지 못했다.

그가 물었다.

"뭔 소리야? 비설이 어딜 다녀온 거랑 백귀야녀가 무슨 상관인데?"

하지만 아쉽게도 부의민의 질문에 대해 대답해 줄 이는 아무도 없는 모양이다.

혁련휘가 객잔이 있는 방향으로 몸을 돌리며 짧게 말했다.

"내일 일찍 출발해야 하니 돌아가서 쉬지."

"네, 대장."

"달치 배고프다."

뒤따르는 환야와 달치, 그리고 그 뒤를 비설 또한 종종걸음으로 쫓았다. 멀어지는 그들을 잠시 가만히 선 채로 바라보던 부의민이 머리를 감싸 쥔 채로 고민했다.

말의 맥락으로 보면 답은 하나인데…….

"비설이 백귀야녀를 죽이기라도 했다는 거야 뭐야?"

아직까지 비설을 학관에 있는 한 명의 학생으로만 보는 부의민에게 그건 쉽사리 받아들일 수 있는 이야기가 아니었다.

백귀야녀는 학관의 학생 한 명이 어찌할 정도로 녹록하지 않았으니까.

하지만 아무리 고민해 봐도 그것 말고는 다른 게 떠오르지 않자 결국 부의민은 고민하는 걸 포기했다.

그가 앞서가는 네 명의 뒤를 황급히 쫓으며 소리쳤다.

"치사하게들 너희만 알지 말고 나도 좀 알자!"

10장. 불청객들

— 막아서는 의미를 아는가

화려한 돌들로 장식이 된 연못.

연못 안에는 많은 양의 물고기들이 헤엄쳐 다녔고, 물 위에는 색색의 꽃들이 떠다녔다. 연못의 바로 옆에 놓여 있는 탁자 하나.

그리고 그 탁자 위편에는 커다란 천이 처져 있어서 쏟아지는 햇볕을 고스란히 받아 주는 역할을 하고 있었다.

강렬하게 내리쬐는 뙤약볕 아래에서도 선선함을 느낄 수 있게 말이다.

연못 옆에 놓여 있는 그 탁자에는 두 사람이 마주 앉아 있었다. 둘 사이에는 커다란 다과상이 준비되어 있었고, 그 뒤편으론 호위 무사를 한 명씩 대동한 상태였다.

탁자를 앞에 두고 있는 두 노인의 정체는 다름 아닌 칠대천에 속한 가문의 수장들인 묵룡천가의 가주 천위극과, 혈뢰주가의 가주 주석인이었다.

그리고 주석인의 뒤편에 서 있는 길게 앞머리를 늘어트린 자가 바로 그의 오른팔인 신도율이다.

천위극과 주석인.

칠대천의 수장들이고 제각기 마교 내에서 확고한 지지기반을 가지고 있는 노괴들이다. 교주의 힘이 약해진 틈을 타 마교의 권세를 나눠 갖고 있는 인물들이기도 했다.

천위극이 웃으며 주석인을 맞았다.

"주 가주 그동안 강녕하셨습니까?"

"저야 별일 있겠습니까. 그나저나 천 가주는 어떻게 된 것이 볼 때마다 더 젊어지시는 것 같습니다. 젊어지는 약이라도 있으시면 거 나눠 먹읍시다."

"허허, 여전하시오. 그 농담은."

재미있다는 듯 서로를 보고 웃는 두 사람.

실상 칠대천은 사대가문과, 삼대방파로 나뉘는데 개중에 가장 강한 힘을 자랑하는 두 개의 가문이 바로 이 둘이 이끄는 묵룡천가와 혈뢰주가다.

사이가 좋은 듯 지내고 있지만 또한 반대로 가장 견제를 하는 관계.

그것이 바로 이 두 노인의 사이였다.

천위극의 시선이 이내 주석인의 뒤편에 선 신도율에게로 향했다.

신도율, 주석인의 심복으로 탐이 나는 인재다.

무공과 지략 양쪽 모두에서 특출한 재능을 보이는 자로, 장사 수완 또한 대단한 자다. 신도율이 주석인의 아래로 들어간 이후 혈뢰주가가 얼마나 커졌는지를 본다면 절로 탐이 날 수밖에 없는 사내.

그렇지만 주석인이 얼마나 아끼는지 알고, 신도율 또한 그런 그를 따랐기에 섣부르게 둘 사이를 파고들지 못할 뿐이었다.

천위극이 말을 걸어왔다.

"신도율, 자네도 그 앞머리 여전하군. 그렇게 하고 다니는데 갑갑하지도 않은가?"

"죄송합니다. 햇빛을 싫어해서요."

농담인지 진담인지 모를 말을 내뱉으며 그의 얼굴에서 거의 유일하다시피 드러나 있는 입꼬리가 천천히 올라갔다.

그런 그를 향해 천위극이 괜찮다는 듯이 손을 저으며 말했다.

"아닐세. 나에게 미안할 게 뭐 있는가. 머리카락을 그러고

다니면 어떤가. 일만 잘하면 되지. 안 그렇습니까, 주 가주?"

"항상 제 수하를 좋게 봐 주셔서 감사할 뿐입니다."

"아닙니다. 재능이 있는 친구니까요. 사실 주 가주님의 사람만 아니면 당장이라도 데리고 오고 싶은 사내입니다."

"하하, 참아 주시지요. 녀석이 사라지면 제겐 팔 하나가 잘려져 나가는 것과 진배없으니까요."

둘의 칭찬 어린 말들에 신도율이 감사하다는 듯 포권을 취해 보였다. 그런 그를 천위극의 뒤편에 선 사내가 못마땅하게 쳐다보긴 했지만…….

자신을 향한 시선을 느껴서일까?

신도율이 슬쩍 그 사내를 바라봤다.

머리카락 사이로 빛나는 눈동자를 마주한 사내는 고개를 돌렸다.

자신의 괜한 질투를 드러낼 만한 자리가 아니다.

가볍게 차와 다과를 즐기며 최근의 안부를 묻고 있는 두 노인.

허나 두 노인 모두 알고 있었다.

오늘 이 자리에 왜 모이게 되었는지, 상대가 하고자 하는 말이 무엇인지도.

맘에도 없는 이야기들로 잠시 두런두런 대화를 나누던 중 결국 천위극이 먼저 속마음을 던졌다.

"그나저나 들으셨습니까?"

"듣다니요?"

찻잔을 입에서 떼며 주석인이 물었다.

사실 뭘 말하는지 알 것 같았지만 그는 일부러 모르는 척했다. 마치 이번 일에 아무런 관심도 없다는 것처럼 말이다.

그런 속내를 눈치챈 천위극은 속으로 혀를 찼다.

'쯧. 능구렁이 같은 놈.'

내키진 않았지만 자신이 시작한 이야기다. 이야기를 이끌어 나가야 하는 것 또한 자신이라는 소리다.

"대라혈신에 관한 이야기 말입니다."

"대라혈신이라면…… 혹 대공자의 일을 말씀하시는 겁니까?"

"아실 거라 생각했습니다."

사사혈교의 교주인 대라혈신이 혁련휘의 손에 죽었다.

이 소문은 마치 날개가 달린 것처럼 퍼져 나갔다. 사실 대라혈신이 죽은 게 이토록 빠르게 퍼진 건 혁련휘가 손을 쓴 탓이다.

만약 그가 쉬쉬하려 했다면 이렇게 짧은 시간 동안 빠르게 소문이 퍼질 순 없었을 것이다.

혁련휘는 오히려 자신이 사사혈교와 정면으로 붙었고, 그 정예들을 모두 쓸어버렸다는 걸 빠르게 소문이 나게 만들었다.

그 모든 게 바로 마교 복귀의 초석을 다지기 위함이다.

누구도 자신을 얕보지 못하게 함이기도 했으며, 또한 함부로 덤볐다가는 어찌 될지를 말해 주는 일종의 경고이기도 했다.

천위극이 먼저 솔직히 속내를 드러냈으니 주석인 또한 굳이 계속해서 모르는 척할 이유는 없었다. 어차피 그 또한 이곳에서 천위극과 오래 자리하고 싶지는 않았다.

주석인이 이야기를 꺼냈다.

“대공자가 마교로 온다는 이야기는 저도 들었습니다. 꽤나 소란스럽게 오는 모양이더군요.”

“자신의 존재를 드러내려는 의도가 아닐는지요.”

“십몇 년 만의 귀환이라…….”

“허허. 벌써 그리됐군요. 시간이 이리도 흘렀는데…… 대공자는 변한 게 없는 것 같습니다.”

“그러게나 말입니다. 여전히 사람을 귀찮게 하는 데 일가견이 있군요.”

당연한 이야기였지만 천위극과 주석인 두 노인 모두 혁련휘의 귀환을 반기지 않았다.

혁무조가 약해진 지금이 칠대천에서 새로운 마교의 주인이 나올 절호의 기회였기 때문이다. 아니, 정확히 말하자면 자신의 가문에서 새로운 교주가 나오는 걸 원하고 있다.

그런 지금 혁련휘라는 존재는 분명 커다란 방해였다.

교주의 자리를 위해 소교주까지 제거했다.

그런 지금 대공자라니…….

거기다 십수 년 전 있었던 자하도 사건에 두 노인 모두 연관이 있었다.

만약 대공자가 그 일을 파헤친다면 곤란한 상황에 처하게 될지도 모른다.

그런 그들에게 혁련휘의 귀환은 반길 수 없는 일이 당연했다. 그렇지만 문제는 이미 모습을 드러낸 채로 마교로 오고 있는 그를 막을 순 없다는 거다.

결국 혁련휘는 마교로 올 것이고, 그를 막을 명분이 없다.

천위극은 씁쓸한 표정을 지어 보였다.

'애초에 이런 일이 벌어지지 않게 하기 위해 피랍 그 녀석을 보냈거늘…….'

혁련휘가 마교로 발걸음을 향하게 하지 못하기 위해 천위극은 피랍을 환영학관이 있는 성도로 보냈다.

결과는?

그는 돌아오지 못했고, 지금 대공자 혁련휘는 마교 인근까지 이르렀을 것이다.

천위극이 자신 있게 보냈던 인물 피랍. 그런 그가 혁련휘를 죽이지 못했다는 사실에 무척이나 놀랐거늘 이번 사사혈교의 일을 알고 나니 이 모든 상황이 이해가 갔다.

'너무 얕봤어.'

대공자는 생각 이상의 능력을 지녔다.

피랍을 죽인 건 우연이 아닐 것이고, 적어도 사사혈교 교주인 대라혈신과 그의 수하들과 싸울 정도의 힘은 지니고 있다.

곰곰이 생각에 잠겨 있는 천위극을 향해 주석인이 물었다.

"어찌하실 생각입니까? 교주의 핏줄이 돌아오는 걸 그냥 두고 보실 겁니까?"

"그냥 두고 보지 않으면 어쩌겠습니까. 자기가 발이 있어서 스스로 오겠다는데 막을 수는 없는 노릇이지요."

"그건 압니다. 다만 그렇게 되면 여태까지 저희가 고생했던 일이……."

말을 하는 주석인이 말끝을 흐렸다.

소교주 혁리원에 관련된 이야기는 서로들 알고 있지만 제대로 말을 꺼내기보다는 항상 이렇게 대화를 흐리곤 했다.

주석인을 향해 천위극이 너털웃음을 지으며 말했다.

"주 가주, 너무 걱정하실 것 없습니다. 소교주조차도 어찌지 못한 우리 아닙니까. 아무런 기반이 없는 대공자가 마교로 돌아온다 한들 뭘 할 수 있단 말입니까."

애초부터 이런 걱정을 해서 주석인을 부른 게 아니었다.
그저 한 가지 서로 간의 약속을 하고 싶었다.
천위극이 천천히 그런 자신의 속내를 드러냈다.
"다만 하나 걱정되는 건 내부의 배신자지요."
"배신자라……."
주석인은 천위극이 말하고자 하는 게 무엇인지 알 수 있었다.
칠대천의 생각을 하나로 모으려는 거다.
혹여나 그들 중 일부가 혁련휘의 편에 서는 일이 없도록.
그리고 천위극은 지금 주석인에게도 그 같은 제안을 하는 것이다.
절대로 대공자의 편에 서지 말라고.
천위극이 그런 자신의 마음을 곧이곧대로 털어놓았다.
"저희들 칠대천이 내부적으로 더 결속을 다져야 할 때라는 생각이 드는군요. 대공자는 교주를 닮은 잡니다. 그런 그에게 날개가 생긴다면 그땐 위험하지요. 그러니 칠대천 중 그 누구 하나도…… 대공자의 날개가 되고자 하는 이는 없어야 할 겁니다."
천위극의 말에 주석인이 웃음을 머금으며 입을 열었다.
"그럴 일이 있겠습니까. 괜한 걱정이십니다."
"괜한 걱정일까요?"

"그럼요. 가주와 제가 힘을 하나로 합치는데 다른 누가 대공자와 함께하고자 하겠습니까."

주석인을 바라보던 천위극의 눈동자가 빛났다.

지금 이 말은 승낙이다. 혈뢰주가는 묵룡천가와 마찬가지로 혁련휘와 적대적인 관계를 유지하겠다는 걸 확고히 드러냈다.

두 개의 가문이 힘을 합쳤으니 나머지도 쉽게 나설 수가 없게 되었다.

만약 누군가가 혁련휘의 편을 든다면 그것은 이 둘을 적으로 돌리게 된다는 걸 의미했으니까.

천위극이 이곳에 온 이후 처음으로 진심이 담긴 웃음을 터트렸다.

"하하! 이거야 원. 대공자께서 오랜만에 마교로 돌아오시면서 꽤나 많이 설레고 있으실 텐데 큰일입니다."

천위극이 손에 들린 찻잔을 내려놓았다.

그의 입가에 걸린 잔인해 보이는 미소. 천위극이 천천히 말을 이었다.

"십수 년 전이나, 지금이나…… 그 누구도 대공자를 환영하지는 않을 테니까요."

* * *

혁련휘 일행의 행색은 다소 엉망이었다.

계속해서 이어지는 행군에 모두가 무척이나 피곤해 보였다. 그럼에도 불구하고 그들은 쉬지 않고 움직였다.

그 이유는 하나였다.

목적지인 마교가 코앞에 있었기 때문이다.

마교는 크게 외성과 내성으로 나뉜다.

외성에는 무인들뿐만이 아니라 보통 사람들도 살아간다.

마교라고 해서 무인들만 있는 건 아니다. 그 무인들이 살아가기 위해서는 그보다 훨씬 많은 평범한 이들이 있어야 한다.

마교라고 해도 사람들이 사는 곳.

당연히 먹을 것도 있어야 하고, 유흥거리도 존재한다. 객잔, 식당, 대장간이나 마구간을 비롯해 심지어 여인들의 장신구를 파는 가게까지.

마교라는 섬뜩한 이름에 어울리지 않는 수많은 가게들이 즐비해 있는 곳이 바로 이곳 외성이다.

그 탓에 마교의 외성은 경비가 그리 삼엄하지 않다.

대부분이 평범한 사람들이고 장사꾼들도 오가는 커다란 마을이라고 보면 될 정도다.

그에 반해 내성은 다르다.

철옹성처럼 지어진 내성은 외인의 출입을 엄격히 막는다. 마교의 무인이거나 특별한 용무가 있는 자만이 드나들 수 있는 곳이 바로 내성이다.

외성에 들어선 직후부터 비설은 연신 주변을 둘러보느라 바빴다.

다른 이들과는 달리 비설만큼은 이곳 마교가 처음이었다.

생각과는 너무나 다른 외성의 모습에 비설은 혀를 내둘렀다.

"와, 이야기를 듣긴 했지만 진짜 무인이 아닌 사람이 더 많네요. 너무 커서 뭐 없는 게 없어 보이는데요."

신기하다는 듯 두리번거리는 비설을 향해 부의민이 가볍게 쏘아붙였다.

"야. 촌스럽게 뭘 그렇게 두리번거려. 너 때문에 다들 우리 힐끔거리는 거 안 보이냐?"

부의민의 핀잔에 비설은 입술을 비죽거렸다.

그런 그녀에게 부의민의 잔소리가 이어지려고 할 때였다.

비설의 눈에 내성을 감싸고 있는 커다란 성벽이 모습을 드러냈다. 그녀의 눈이 화등잔만큼 커졌다.

"우, 우와! 저기가 내성이죠, 형님?"

"그래."

들뜬 비설과는 달리 혁련휘는 목소리는 침착했다.

어쩌면 이 중에서 가장 감개무량해야 할 이는 혁련휘였다. 그렇지만 그는 여전히 감정의 변화를 보이지 않았다.

부의민 또한 오랜만에 보는 내성의 입구에 감회가 새로운지 잠시 입을 닫은 채로 성벽을 바라봤다.

'……여기로 다시 돌아올 줄은 몰랐는데 말이야.'

안 좋았던 기억들이 일순 떠올랐지만 부의민은 고개를 저었다. 그때의 그 모든 것들을 바꾸고자 이렇게 돌아온 것이 아니던가.

약해질 이유는 없었다.

부의민은 괜스레 가라앉은 기분을 띄우려는 듯이 호들갑을 떨었다.

"한동안 죽어라 달리느라 힘들었는데 오늘에야 좀 쉬겠네."

계속 되어진 여정에 무척이나 피곤했다.

시원한 물에 목욕 한번 하고 편안한 침대에 푹 쓰러져 자고 싶은 게 솔직한 심정이었다.

부의민이 옆에 있는 혁련휘를 보며 장난스럽게 말했다.

"대공자의 귀환 잔치는 내일로 미루라고 해 줘. 오늘은 씻고 푹 자고 싶거든."

부의민의 말에 혁련휘가 자그마한 목소리로 중얼거렸다.

"잔치라……."

의미심장한 중얼거림과 함께 혁련휘는 곧바로 내성의 입구 쪽으로 향했다. 내성의 입구에는 많은 이들이 안으로 들어가기 위해 줄을 서서 기다리고 있었다.

내성으로 들어가기 위해서는 이곳을 통해 신분을 증명하고, 그 이후에 안으로 들어갈 자격을 받는다.

허나 혁련휘는 멈추지 않았다.

그는 줄을 서 있는 이들에겐 시선조차 주지 않고 입구를 향해 걸어갔다.

갑작스럽게 다가오는 혁련휘의 모습에 내성의 입구를 지키는 무인들이 움직였다.

그들은 만약의 사태를 대비라도 하려는 듯이 황급히 입구를 막아섰다.

그들이 허리에 찬 검에 손을 가져다 댄 채로 혁련휘의 앞에 섰다.

수십 명의 수문위사들이 내공을 뿜어내며 살기를 내비쳤다. 내성에 들어가기 위해 기다리던 이들 또한 갑작스럽게 흘러가는 지금의 상황에 잔뜩 긴장한 기색이 역력했다.

길을 막아선 수문위사들 중 한 명이 입을 열었다.

"이곳은……."

"비켜라."

혁련휘는 수문위사의 말을 자르며 비키라 명했다.

그러고는 당황한 듯 자신을 바라보는 상대를 응시하며 다시금 말을 이었다.

"대공자다."

혁련휘가 자신의 신분을 밝히는 그 순간 주변은 웅성거림으로 가득했다.

앞을 막아섰던 무인들도, 성벽 위쪽에서 혹시 모를 사태에 대비하는 대기조와 줄을 선 채로 자신들의 차례를 기다리던 이들까지 한결같이 놀란 기색이 역력했다.

대공자 혁련휘.

무림에 대해 어느 정도 관심이 있는 자라면 결코 그 이름을 모르는 이는 없을 것이다.

죽었다고 알려졌던 그가 갑자기 환영학관에서 모습을 드러내더니 그 이후에는 수많은 일들의 중심에 서고 있다.

그리고 개중 하나가 가장 최근 있었던 사사혈교 교주인 대라혈신을 죽인 일이다.

최근의 무림은 평화롭다.

아니, 평화롭게 보인다. 깊게 관여된 이들이 아니고서는 암투만이 가득한 지금의 무림은 평화롭다 여길 수밖에 없다.

마교가 천하를 일통했고, 그나마 새외 세력과의 다툼만이 최근 무림을 시끄럽게 하는 전부로 보인다. 그런 와중에서 사사혈교의 교주를 죽인 건 엄청난 사건이다.

그만큼 혁련휘에 대한 집중도도 높아질 수밖에 없었다.

얼마나 강하기에 그토록 젊은 나이에 새외칠귀의 하나로 꼽히는 대라혈신을 죽일 수 있단 말인가. 더군다나 그는 사막야차들까지 끌고 나타났다고 알려졌다.

그런 상황에서까지 대라혈신을 죽였다고 하니 당연히 소문은 꼬리에 꼬리를 물 수밖에 없는 노릇이다.

혁련휘가 자신의 정체를 드러냈다.

그랬기에 그들은 곧바로 간단한 절차를 마치고 마교 안으로 들어갈 수 있을 거라 여겼지만…….

입구를 막아섰던 무인들이 머뭇거리고 있자 환야가 성이 난 목소리로 말했다.

"어이, 귓구멍들 막혔어? 대공자님이 왔다는데 길 안 비키냐?"

환야가 아직까지도 무기에 손을 올린 채로 길을 막아선 수문위사들을 향해 불만을 토해 낼 때였다.

위쪽에서 기척이 느껴졌다.

그러고는 하늘을 덮으며 누군가가 성벽 위에서 몸을 날려 바닥에 착지했다.

타악.

높이가 꽤나 높았지만 먼지조차 일지 않는다.

뛰어난 경신술을 지닌 자라는 소리다.

사십 대 초반 정도의 중년 사내가 혁련휘 일행에게 다가오며 말했다.

"대공자님이신지 신원 확인이 되지 않은 이상 그냥 보내드릴 순 없습니다. 안에다가 연락을 넣어 신분을 확인할 자를 불러올 테니 여기서 대기하시지요."

당연한 이야기다.

신원을 확인하지 않고서 마교 내성으로 아무나 들일 수 없다는 사실엔 동감한다. 더군다나 혁련휘는 얼굴 또한 알려지지 않았으니까.

허나 문제는 혁련휘가 계속해서 마교 쪽에 연락을 취했다는 거다.

그리고 그건 지금 이 일과 관련해서도 마찬가지였다.

미리 서찰을 보내 오늘 언제쯤 마교에 도달할 거라 어제 저녁 연락을 보냈던 혁련휘다.

적어도 그런 연락을 계속해서 보냈다면…… 그에 맞는 준비를 미리 했어야 옳다.

하물며 언제쯤 도착할 거라 정확하게 언급까지 했거늘 혁련휘의 신원을 확인할 인물 하나 이곳에 두지 않았다는 걸 어떻게 받아들여야 할까?

혁련휘가 천천히 입을 열었다.

"내가 분명 오늘 마교에 입성할 거라 전한 걸로 아는데. 아닌가?"

"들었습니다."

"그런데 지금까지 준비를 안 했다?"

혁련휘의 말에는 가시가 있었다.

그럼에도 불구하고 상대인 중년 사내는 전혀 미안해하는 기색 없이 오히려 당당하게 말했다.

"묵룡천가 가주님의 명이라서요. 기다리시면 안에 사람을 보내 대공자님이 맞는지 확인하여 내성으로의 출입 여부를 여쭈도록 하겠습니다."

중년 사내가 자연스럽게 말을 이어 나갔다.

하지만 그 이야기를 듣고 있던 부의민의 얼굴이 일그러졌다.

지금 돌려 말하고는 있지만 바보가 아니라면 알 수 있었다. 중년 사내는 대공자보다, 칠대천의 하나인 묵룡천가의 가주를 윗선에 놓고 이야기하고 있는 것이다.

흡사 그의 허락을 받지 않으면 들어가지 못한다는 듯이 말이다.

부의민이 기가 차다는 듯이 말했다.

"당신 이름이 뭡니까?"

"유귀생(劉歸生)이라고 합니다만 그건 왜 물으시는지요?"

이름을 물었던 부의민은 기억 저편에 있던 정보들을 끄집어냈다. 그림자 부대로 활동하며 마교 내부에 있는 많은 무인들의 정보를 모았다.

그리고 그 기억 한편에는 유귀생이라는 이름 또한 남아 있었다.

셀 수도 없이 많은 자들이 있는 마교에서 이름을 기억할 정도라면 그만큼 어느 정도 두각을 드러낸 인물이라 봐야 옳다.

그 이름을 기억해 낸 부의민은 어처구니없다는 듯 헛웃음을 흘렸다.

이유는 간단했다.

그가 바로 묵룡천가의 사람이라는 걸 알고 있었으니까.

부의민이 곧바로 혁련휘에게 전음을 날렸다.

『저놈 묵룡천가의 사람이야.』

전음을 들은 혁련휘는 가만히 선 채로 앞에 있는 유귀생이라는 중년의 사내를 바라봤다. 굳이 부의민에게 듣지 않아도 말을 듣는 순간 이미 저의를 알아차린 상태였다.

혁련휘의 귓가로 내성으로 들어가기 위해 대기하고 있던 이들의 수군거리는 목소리들이 들려온다.

모두가 보고 있는 상황.

이런 상황에서 대공자라는 신분을 밝히고도 칠대천의 하나인 묵룡천가의 대답을 기다리며 이곳에 서 있는 모습을 보여 주는 게 아마도 그들이 노리는 것 중 하나일지도 모른다.

기선을 제압하고, 자신에게 은연중에 내비치려는 것이다.

이곳 마교의 실세는 이제 칠대천이라는 사실을.

마교로 돌아오는 순간부터 자신에게 이 같은 행동을 하는 칠대천의 모습에 혁련휘의 눈동자에 분노가 서렸다.

이런 대접을 비단 자신만 받은 것일까?

아닐 게다.

이젠 죽어 버린 혁리원. 소교주였던 그 또한 이 같은 굴욕적인 경험을 했을 게 자명하다.

혁련휘의 상태가 심상치 않다는 것도 모르고 유귀생은 행동을 이어 나갔다. 그가 한쪽을 가리키며 혁련휘 일행에게 말했다.

"저 옆에 가서 기다리시지요. 가주님께서 바쁘신 일이 있으시면 좀 기다리셔야 할 겁니다."

그 말이 쐐기가 되어 혁련휘에게 박혔다.

환야가 나서려고 했지만 그보다 혁련휘가 빨랐다.

"……재미있군."

거창한 환영 인사는 바라지도 않았다. 허나 이런 식으로 나오겠다면 가만히 있을 혁련휘가 아니었다.

생각지도 못한 말을 내뱉는 혁련휘를 향해 유귀생이 시선을 돌렸을 때다.

혁련휘의 손이 움직였다.

뻗어진 그의 손이 단번에 유귀생의 목을 움켜잡았다. 그리고 채 뭔가 반응을 하기도 전에 그의 몸을 허공으로 들어 올리며 내성의 성벽에 그를 밀어붙였다.

쿠웅!

성벽에 유귀생을 틀어박은 채로 혁련휘가 입을 열었다.

"어디 다시 한 번 말해 보거라. 뭐라고 지껄였지? 가주가 바쁘면 나보고 이곳에 서서 그를 기다리라고?"

엄청난 힘을 주는 게 아니었음에도 불구하고 유귀생은 허공에 들린 채로 꼼짝도 하지 못했다.

자신을 바라보는 혁련휘의 눈빛이, 그리고 흘러나오는 진득한 살기가 그를 손가락 하나 움직이지 못하게 만들고 있었으니까.

혁련휘의 모습에 그제야 유귀생의 얼굴에 당황스러운 감정이 감돌았다. 설마 마교 내성의 입구를 지키는 자신에게 이같이 대할 거라고는 생각조차 하지 못했던 탓이다.

여태까지의 여유를 잃은 그가 황급히 변명을 하기 시작

했다.

"저 오해가 있으신 것 같은데……."

"오해?"

혁련휘는 곧바로 유귀생을 바닥에 내던졌다.

바닥에 나동그라진 그가 황급히 자리에서 일어나려고 할 때였다.

번쩍! 쾅!

섬광과 함께 어느새 뽑아진 파멸혼이 그의 얼굴 바로 옆에 있는 성벽에 틀어박혔다. 자리에서 일어나려던 유귀생은 엉거주춤한 자세로 딱딱하게 굳었다.

갑작스러운 혁련휘의 행동에 수군거리던 이들 또한 모두 입을 닫은 채로 그 둘을 가만히 바라만 봤다.

그런 그들의 시선을 느끼며 혁련휘가 입을 열었다.

"궁금하군. 네놈이 나한테 죽는 게 빠를지, 아니면 내 신분을 확인해 줄 만한 놈이 오는 게 빠를지."

말과 함께 혁련휘는 벽에 박힌 파멸혼을 슬금슬금 옆으로 그었다.

파멸혼의 날이 벽에 박힌 채로 당장이라도 유귀생의 목덜미를 벨 듯이 다가왔다.

그가 놀란 목소리로 소리쳤다.

"머, 멈추십시오! 전 그저 규율에 따라……."

"그렇게 규율을 중시하는 놈이 감히 칠대천 따위의 이름을 거론하며 대공자인 날 능멸하더냐."

혁련휘가 평소답지 않게 이야기를 길게 끌고 가는 건 이유가 있었다.

칠대천은 이번 기회를 빌려 혁련휘에게도, 그리고 주변의 구경꾼들에게도 자신들이 대공자의 위에 있음을 보여 주려 했다.

허나 그런 기회를 혁련휘가 오히려 반대로 이용하려 들고 있었다.

콰드득!

보다 강하게 파멸혼을 성벽에 밀어 넣으며 혁련휘가 말했다.

"나를 막는다는 것의 의미를 아느냐?"

"그, 그건……."

"네놈의 목숨을 걸어야 한다는 의미다. 그리고 바로 지금, 네 진짜 주인도 못 알아본 대가를 넌 치러야 할 것이다."

혁련휘는 목소리에 힘을 주며 말을 이어 나갔다.

그의 날카로운 기운이 주변을 뒤덮은 지 오래였고, 내성으로 들어가려는 이들뿐만이 아니라 소란을 듣고 모여든 인파들 모두에게 대공자라는 존재를 확실히 각인시키고 있었다.

혁련휘의 손에 들린 파멸혼이 이내 유귀생의 목에 닿았다.

조금만 힘을 주면 그의 목이 떨어져도 이상할 게 없는 상황. 하지만 혁련휘는 애초부터 이자를 죽일 생각이 없었다.

이미 혁련휘는 알고 있었다.

상황이 이렇게 되면 그들이 움직일 거라는 것을.

그리고 혁련휘의 예상은 그대로 적중했다.

"대공자님, 고정하시지요."

들려오는 목소리에 혁련휘가 상대의 목까지 닿았던 파멸혼을 천천히 거뒀다. 그리고 이내 그런 그의 시선이 향한 곳.

그곳엔 익숙한 노인 한 명이 자리하고 있었다.

얼마 전 학관에서 만났던 독심호리, 그가 그곳에 자리했다.

생각 외의 인물이었는지 혁련휘가 짧게 대답했다.

"독심호리, 네가 올 줄은 몰랐군."

"아무래도 대공자님을 직접 뵌 게 저뿐이라며 입구에서 확인해 달라는 부탁을 받았습니다."

어렸을 때의 얼굴을 아는 자들은 제법 많았지만, 성인이 된 지금의 모습을 본 이는 오로지 독심호리뿐이다. 그 외의 인물들은 모두 학관에 있는 셈이었으니 말이다.

독심호리는 떨떠름한 감정을 애써 감췄다.

사실 혁련휘와 마주하고 있는 지금이 무척이나 불편했다. 손자인 유장룡의 일도 그렇고, 자신과의 관계도 껄끄럽기 그지없었으니까.

하지만 다른 이도 아닌 묵룡천가의 가주 천위극의 부탁이었다.

어쩔 수 없이 혁련휘와 마주하게 된 것도 그리 탐탁지 않은데 그는 독심호리에게 천천히 모습을 드러내라는 조건까지 내걸었다.

최대한 혁련휘가 볼품없어 보일 수 있게, 그렇게 만들려는 게 천위극의 속셈이었다.

학관의 학장이었던 요문원에게 유장룡의 일을 함구해 주는 대신 묵룡천가를 돕기로 약조를 한 독심호리다.

그런 그였기에 천위극의 말은 어지간해선 따를 수밖에 없는 입장이었다.

그랬기에 독심호리는 숨어서 상황을 엿봤다.

천위극의 말대로 할 의향이었지만 상황이 이상하게 흘러갔다. 거기다가 파멸혼을 휘두르는 와중에 혁련휘가 바라본 성벽 위쪽.

그곳은 정확하게 자신이 위치해 있던 곳이었다.

그 시선을 느끼는 순간 독심호리는 알아차렸다.

몸을 감추고 있어 눈이 마주치거나 했던 건 아니지만 혁련휘는 이미 누군가의 존재를 눈치채고 있다는 것을.

상황이 이렇게 되자 굳이 더 모습을 감추고 있는다 해서 얻을 건 없다는 판단이 들었다.

그랬기에 독심호리는 결국 모습을 드러냈고, 이렇게 혁련휘 앞에 선 것이다.

독심호리가 입구에 있는 이들을 향해 손짓했다.

"물러들 서거라. 대공자님이시다."

독심호리의 입에서 그의 신분에 대한 확언이 떨어지자 눈치를 보고 있던 수문위사들이 하나같이 포권을 취하며 예를 갖추었다.

혁련휘는 그런 그들을 스쳐 지나가며 눈길 한 번조차 주지 않았다.

선두에 서서 걷는 혁련휘의 뒤편으로 기다렸다는 듯이 네 사람이 따라붙었다. 독심호리의 시선에 그제야 혁련휘와 함께 동행한 인원들이 눈에 들어왔다.

환야와 달치까지는 아무렇지 않게 받아들였지만…….

'저 둘은 분명 환영학관의 교관과 학생이었던 놈들인데?'

독심호리는 비설과 부의민 둘 모두를 기억해 냈다.

혁련휘가 대공자로 모습을 드러내던 그 순간 단상 위에서 함께 있었던 탓에 둘의 얼굴이 낯익었기 때문이다.

생각지도 못한 이들까지 함께 왔다는 사실을 확인한 독심호리의 얼굴에 의아함이 가득했다.

자신이 아는 대공자라면 그저 친하다는 이유만으로 저 둘과 동행했을 리는 없다. 그렇지만 고작 교관과 학생 하나가 대단하다 한들 얼마나 대단하단 말인가.

독심호리가 자신만의 고민에 빠져 있을 때, 일행들은 마교의 내성으로 향하는 문을 지나쳐 가고 있었다.

커다란 성벽답게, 통로 또한 제법 길었다.

비설이 떨리는 목소리로 중얼거렸다.

"이 통로만 지나면 마교군요."

몇 발자국만 더 걸으면 드디어 진짜 마교라 부를 수 있는 내성으로 돌입한다는 사실에 비설의 표정은 잔뜩 상기됐다.

'최소 몇 년은 더 걸릴 거라 생각했는데.'

혁련휘 덕분에 엄청나게 시간을 단축할 수 있었다.

언젠가 들어올 곳이라 여기긴 했지만 막상 그 날이 이리 오자 비설의 심장이 빠르게 뛰었다.

그렇게 뛰는 가슴을 억지로 진정시키며 몇 걸음 걸어 나가던 비설은 마침내 통로의 그늘에서 막 한 걸음 바깥으로 내디뎠다.

그리고 펼쳐진 장관.

비설이 눈을 크게 뜬 채로 탄성을 내질렀다.

“와…….”

하늘을 찌를 듯이 솟아 있는 전각들. 그리고 수많은 웅장한 건물들이 줄지어 자리하고 있었다.

어디 그뿐이랴.

셀 수도 없이 많은 숫자의 무인들이 곳곳에서 모습을 보이고 있다.

마교라는 커다란 세력의 중심부에 선 비설은 밀려드는 중압감을 전신으로 느꼈다.

모든 것의 시작이자, 모든 것의 끝일 장소.

막연하게만 생각해 왔던 마교라는 집단을 눈으로 확인하게 되자 순수한 감탄과 함께 자신이 상대해야 할지도 모르는 그들의 거대함에 두려움 또한 밀려왔다.

수만 명의 무인들이 모여 있는 천하제일의 단일 세력.

이곳이 바로…… 마교다.

〈다음 권에 계속〉

DREAMBOOKS

DREAMBOOKS